구름그림자 흐르는 강

구름그림자 흐르는 강

임선희 소설집

도서출판 북인

작가의 말

흔들리며 살아온 사람들을 위해

소설을 쓰겠다고 다짐하고 직장을 그만두었다. 단편 하나를 쓰려면 수백 번 개작도 마다하지 않아야 한다는 것을 알 리 없었다. 성과가 미미한 채 20여 년이 지난 어느 날, 지인과 통화했다. 아직 소설을 붙잡고 있다니! 놀라워했다. 내심 끈기에 지쳐 한탄하거나 부족한 실력에 실망하고 있던 터라, 스스로에게 물어보았다. 왜 소설의 언저리에서 서성이고 있는가? 답은 의외로 간단했다. 비극의 씨앗이 쉼 없이 발아했기 때문이다.

최초 발아는 아버지의 이른 죽음인데, 한 장의 사진 속 모습 외에는 대면한 적 없었다. 전사한 그가 살아 있을지 모른다. 아니, 살아 있을 거라고 단정했다. 그 계기는 TV에서 본 영상이다. 남과 북에서 헤어져 살던 부자가 만난다. 아버지가 전장에서 죽은 줄 알고 살아왔던 아들. 자식이 태어난 줄 알지 못했던 아버지, 두 사람의 상봉은 가슴을 뜨겁게 했다.

한번이라도 아버지를 볼 수 있는 기회가 있으면 하는 염원을 그리던 언젠가, 나는 몇 조각의 유골로 돌아온 아버지와 딸의 만남에 대해 쓰고 있었다. 그리고 자신을 봐달라고 아우성치는 또 다른 씨앗들. 나는 그것들의 정체에도 책임이 있다는 것을 알고 있었다.

첫 소설집을 내면서 깊은 생각에 잠긴다. 내 인생의 답안지에 무엇이 채워졌는가? 부랴부랴 시험장에 도착했지만, 첫 시간의 시험은 놓쳤다. 다음 시간의 시험지를 받아들었지만 제대로 쓰지 못했다. 이제 마지막 시간의 답안지가 손에 있다. 무엇으로 고스란히 메워야 할까? 소설집 속의 주인공들은 흔들리며 살아간다. 허점투성이 답안지를 보는 것 같아, 세상에 내놓기가 주저되지만, 그 누군가에게 위로가 되었으면 하는 마음으로 용기를 낸다.

힘이 되어준 고마운 사람, 그들의 손길이 있어 가능했다. 엄창석 선생님과 작마 문우들. 곁에서 늘 힘을 불어넣어준 권이항 소설가, 표사를 써준 하창수 소설가, 해설을 한 황현희 평론가, 긴 시간 기다려준 가족, 출판의 기회를 준 도서출판 북인. 그들의 성의를 가슴에 새긴다.

2022년 10월

임선희

Contents

기차를 기다리는 시간

기차를 기다리는 시간

장마가 시작될 것이라고 예보한 지 한 달이 지났다. 7월에 접어들었지만 비는 한 방울도 내리지 않았다. 기상청 예보가 빗나간 건 아니었다. 마른장마였다. 날은 흐리고 공기가 습했다. 제습기를 틀었지만 이상하게 집안은 바깥보다 더 습한 것 같았다. 나경은 땀을 흘리며 프라이팬 앞에서 생선을 튀기느라 집안에 사람이 들어온 줄도 몰랐다. "여보!" 환풍기 소리와 뒤섞인 남편의 소리에 뒤돌아보았다. 남편과 웬 사내아이가 보였다. 다섯 살쯤 되어보였다. 아이 뒤로 처음 보는 여자가 서 있었다.

남편이 사촌누나라고 소개한 여자는 근처 아파트에 이사 왔다고 했다. 그날 밤 나경은 처음 보는 남편의 사촌과 아이에게 먹이기 위해 재빨리 마트에 다녀와서 오리고기를 구웠다. 아이는 낯선 기색 없이 참기름에 찍어 고기를 곧잘 먹었다. 남편의 사촌은 고기를 별로 먹지 않았으나 후식으로 내온 방울토마토를 혼자 한 접시 거의 다 비웠다. 남편의 누나라고 했지만 군살 없는 몸매와 잡티 없는 피부 때문에 남편보다 서너 살은 어려보였다.

나경이 사촌에게 어떤 일을 하느냐고 물었지만 그녀는

대답 대신 아이 맡길 데를 찾지 못했다며 당분간만 아이를 맡아달라고 했다. 출근길에 맡겼다가 오후에 데려가겠다고 했다. 어렵지 않은 일이라 나경이 흔쾌히 승낙했다. 사촌은 당연한 일이라는 듯 그다지 고마워하는 기색이 없었다. 아이도 그리 손이 많이 갈 나이는 지났고 알아보고 있는 맘시터 자리도 나지 않았기 때문에 크게 고민할 일이 아니었다. 어차피 당분간이니. 그리고 무엇보다 남편과 사촌의 태도가 마치 볼일을 본 후에 찾아가기 위해 무거운 물건을 산 가게에 잠시 맡겨두는 것처럼 보였다. 때문에 나경은 거절한다는 것이 우습게 여겨졌다. 나경이 설거지를 하려고 일어났을 때 사촌도 몸을 일으켰다. 나경은 사촌이 설거지를 거들려고 한다는 생각에 사촌에게 그냥 앉아 있으라는 행동을 취했다.

"좀 바빠서…."

사촌은 식탁 의자에 놓아둔 가방을 들고 가버렸다. 나경이 앞치마를 벗으며 갑자기 덮쳐오는 습기를 느꼈다.

*

급기야 굵은 빗방울로 시작된 비는 며칠 내내 쉬지 않고 내렸다. 집안의 꿉꿉한 기운은 더욱 심해졌다. 온 집안이 물기를 머금은 듯 흐물흐물했다.

아이를 맡기고 간 사촌은 그 다음날 저녁 일곱 시가 되자 아이를 데리러 왔다. 또 그 다음날은 아이를 데려다놓고 그때 마침 출근하는 남편과 함께 남편의 차를 타고 갔다. 그런 날이 삼 일쯤 이어졌다. 그 시간은 아침 출근 시간이므로 두 사람이 겹친 것이 우연이라고 말할 수 없다. 우연이 아니라면 무엇이란 말인가. 나경은 며칠 사이 신경이 날카로운 상태로 하루를 어수선하게 흘려보내는 것이 날씨 때문이라 여겼다.

퇴근한 남편은 비 때문에 엉망이 된 자신의 곱슬머리의 물기를 털며 투덜거렸다.

"요새 이놈의 비 때문에 내 헤어스타일이 다 망가져버렸어."

다음날도 비는 여전히 끊임없이 내렸다. 나경은 눅눅한 몸으로 거실에 늘어져 아이와 함께 만화영화를 보고 있었다. 톡. 어디선가 무슨 소리가 들렸다. 나경은 거실을 둘러보았다. 잠시 그 소리는 들리지 않았다. 그러다가 다시 톡, 하는 소리가 날카로운 듯 흩어지는 듯 들려왔다. 벽 어딘가가 아주 조금씩 금이 가는 소리처럼 들렸다. 나경은 규칙적인 소리가 주는 기분 나쁜 느낌으로 집안 여기저기를 둘러보았다. 그러나 소리의 진원지가 어딘지 알 수 없었다. 전혀 감이 잡히지 않았다.

"간식 먹자."

영화가 끝난 뒤 아이와 나경이 자리에서 일어났다. 거실 탁자와 현관 사이를 지날 때 물방울이 날아와 아이의 정수리에서 부서졌다. 아이가 고개를 들어 천정을 쳐다보았다. 나경도 위를 보았다. 날아온 물방울이 나경의 눈을 찔렀다. 한 쪽 눈을 찡그렸다. 다락방 난간 아래 천정에 물방울이 매달려 있었다. 그 옆에 곧 떨어질 태세를 갖춘 또 한 방울이 매달렸다.

"아줌마, 물이야."

아이가 신기한 듯 허공에 손바닥을 벌려 물방울을 잡으려고 했다. 나경은 자신이 맨발로 서 있는 집안에 물이 떨어질 수 있다는 사실에 어이가 없었다. 아이는 마치 재미있는 놀이라도 하고 있는 것처럼 곧 손바닥으로 물을 받는 일에 온통 정신을 팔고 있었다. 아이는 순한 건지 일하는 엄마와 떨어지는 습관이 되어서인지 제 엄마를 찾지 않았다. 처음 온 날부터 그랬다. 이것저것 손에 잡히는 것으로 제게 맞는 놀이를 하는 아이에게 나경은 특별히 신경을 쓰지 않아도 되었다. 페트병을 바닥에 놓고 발을 올려 굴리면서 롤러스케이트를 타는 흉내를 내거나 빨래건조대에 널린 보자기를 걷어 목에 걸고 휘날리며 거실 끝에서 끝까지 달리기를 하는 등 알아서 잘 놀았다.

남편 또한 일찍 퇴근하면 아이와 잘 놀아주기도 했다. 남편은 아이들이 좋아하는 게임을 잘 알고 있었고 의외로 아이의 비위를 잘 맞추었다. 때론 아이돌그룹의 빠른 템포에 맞춰 춤을 추기도 했다. 엉덩이를 씰룩이다 방귀를 뀌고 까르르 숨이 넘어가게 웃었다. 그가 의외로 아이의 비위를 잘 맞추는 것을 보고 놀랐다. 아이와 게임을 하고 장난을 치는 모습이 평소 모습과 달랐다. 활력이 넘쳤고 신선해 보이기까지 했다.

비가 더 거세졌다. 강한 빗방울은 유리를 뚫고 집안으로 들이닥칠 것처럼 위협적이었다. 낮이 밤처럼 어두웠다. 한두 방울로 시작한 빗물은 물받이 그릇을 여러 개 받쳐야 할 만큼 지속적으로 흘러내렸다. 거실 탁자 옆으로 물받이 용기가 줄을 섰다. 빨간 플라스틱 물통과 스텐 함지와 갈색 고무그릇에 빗물이 차오른다. 그 위, 다락방 난간 아랫부분에 물방울이 줄을 지어 매달렸다.

방수업체에서 나온 남자가 옥상에서 지붕으로 성큼 올라섰다. 다락방 창문 위의 평평한 곳에 선 남자가 단단해 보이는 허벅지를 들어 지붕을 두들겼다. 나경은 튼튼한 다리의 남자가 미더웠다. 남자는 흐르지 못하고 고인 물이 슁글 조각의 미세한 틈으로 스며들 수 있다고 했다. 비가 잠시 그친 날, 빨간 색 육각조각과 육각조각이 겹친 부분의 틈을 실리콘으로 메우는 작업을 했다. 그리고 나경은 그동안 피곤했던 몸과 마음을 잠시 풀었다.

일주일이 지난 날 남편의 사촌은 아이를 데리러 오지 않았다. 약속한 저녁 일곱 시가 지나고 아홉 시가 넘어도 오지 않았다. 전화도 없었다. 남편은 오지 않는 사촌에 대해서는 별 말 없이 아이와 놀다가 함께 잠들었다. 아이와 남편이 잠든 시간에 나경은 다시 시작된 빗방울 소리를 들으며 혼자 꼬박 밤을 새웠다.

*

집은 시어머니가 살던 2층짜리 주택이다. 시어머니가 돌아가시기 전, 남편은 시어머니가 사는 지방에 근무하며 나경이 있는 서울을 오갔다. 남편이 주 중에 시어머니의 집에서 보낼 수 있어서 다행이라 생각했다. 나경이 역시 서울에 직장이 있어서 자연스럽게 주말부부로 지냈다. 그 생활이 서로 당연하게 여겨졌을 무렵 시어머니가 당뇨합병증으로 세상을 떠났다. 시어머니의 장례를 치른 지 얼마 안 된 어느 토요일에 남편의 셔츠 주머니에서 엄청난 금액의 카드 이용대금 명세서와 영수증을 발견했다.

그 당시 나경은 6개월 맘시터 계약 만료 시기를 앞두고 있었다. 자연스럽게 아이 돌보던 일을 그만두고 시어머니의 집으로 들어왔다. 집안 구석구석에서 시어머니가 언제 이런 것을 썼나 싶은, 본 적 없는 물건들이 보였다. 살림에 젬병인 시어머니가 썼을 법하지 않은 수저받침, 레이스 달린 분홍 앞치마, 아기자기한 커피잔 세트, 향이 강한 입술 연지와 핸드버터, 의자가 딸린 둥근 거울. 나경은 그것들을 하나하나 버렸다. 그리고 키보다 높은, 하단에 서랍이 딸린 앤티크 거울을 구입했다. 나경은 자신의 취향대로 가꾸어 시어머니의 흔적이 보이지 않는다고 생각했다. 어쩌면 남편의 지방 근무가 시어머니의 부추김 때문일지도 모른다.

거실 바닥에 둔 빨간 통에 물이 찰랑거린다. 방수업체 남자의 판단이 영 틀렸다. 나경은 빗물이 찬 통을 들고 화장실로 가서 비우고 다시 거실 바닥에 놓았다. 물방울이 플라스틱통의 바닥에 부딪치며 고음을 낸다. 툭, 툭, 툭. 그 소리는 틈을 주지 않고 점점 속도가 빨라졌다. 온 집안에 물방울 떨어지는 소리로 가득 찬다. 물소리가 가슴으로 파고든다. 욕실에서 수건을 가져왔다. 수건을 두 번 접어 통 바닥에 놓았다. 물방울이 수건에 부딪친다. 한 옥타브 낮아진 소리가 한결 부드러워졌다. 수건이 젖어들고 물이 다시 고이기 시작한다.

이틀 후, 덩치 큰 남자에게 다시 전화했을 때 그는 의아해했다.

"아쓰바, 알 수 없네. 아쓰바, 알 수 없어."

거실에 물이 고인 용기를 본 남자는 아 쓰바를 붙여 빠르게 발음했다. "앗쓰바, 앗쓰바"로 들렸다. 나중에야 욕인 줄 알았다.

남자는 옥상으로 나가는 복도 층계참 위가 의심스럽다고 했다. 검게 칠한 바닥이 부석부석했다. 금이 나 칠을 해도 소용이 없을 것 같았다. 물은 벽을 타고 어디까지 갈지 모른다. 아파트 6층에서 물이 흘러들었는데 3층에 새는 경우도 있다는 이야기를 들었다. 완벽한 방법은 옥상으로 나가는 복도 층계참 계단 위를 금속으로 덮어씌우는 일이라고 했다. 남자가 제시하는 가격은 비쌌다. 남자는 뭐든 확실하게 해결하려면 그만한 값을 치러야 하지 않겠느냐고 말했다. 마치 이 집이 애초에 날림공사로 지어졌거나 모든 것이 돈을 적게 들여서 수리를 하려고 했기 때문에 생긴 일이라는 투였다. 그래서 나경은 충분한 대가를 치르고 수리하기로 마음먹었다.

옥상으로 통하는 계단 문 위를 금속으로 덮는 작업을 했다. 인부 두 사람이 이틀 동안 매달렸다. 그럼에도 불구하고 물은 샜다.

"이제 어떡해?"

"당신이 알아서 해. 종일 일하고 들어온 내가 어떻게 알아."

나경은 쉼없이 새어나오는 빗물보다 공사에 신경쓰지 않는 남편 태도에 더 화가 치밀었다.

현관 중문과 테이블 사이, 색색이 놓인 용기 아래 깔린 신문에 물방울이 튀어 쭈글쭈글하다. 누렇게 변색되어 하수

구에서 건져올린 것처럼 보였다. 아이는 번번이 물받이통에 오줌을 쌌다. 남편은 흐흐, 하고 웃었다. 아차하면 남편도 아이처럼 바지를 까고 그곳에 오줌을 눌 기세였다. 젖은 신문지에서 오줌 냄새가 났다.

"당신 누나한테 아이 데려다줘."

"데리러 오겠지."

"전화해봐."

나경이 다그쳤다.

"회의 중일지도 몰라. 아니면 출장 갔을지도."

"이게 말이 돼? 아이를 남의 집에 떠맡기고."

"애 방금 잠들었어. 소리 낮춰."

남편이 소파에 누워 막 잠이 든 아이를 보며 말했다.

"저놈 참 예쁘지 않아? 당신도 혼자 있으면 심심하잖아."

남편이 다시 말했다.

"그 여자 영 나타나지 않는 거 아냐?"

남편은 '그 여자'라는 나경의 표현에 슬쩍 인상을 찌푸렸지만 이내 아이에게로 고개를 돌렸다. 그리고 폰카메라를 열어 자고 있는 아이를 찍어댔다.

"여기 봐, 여보. 흰 피부와 얼굴이 환상이지. 그렇지?"

남편의 표정은 마치 결혼식을 마치고 간 이국의 여행지에서 신부를 찍는 사람 같았다. 언제 찍었는지 폰에 저장된 아이의 사진을 확대했다. 나경은 아이의 커다란 눈을 보면서 왠지 모를 불길한 기분에 사로잡혔다. 정체 모를 무언가가 집안에 침투해서 모든 물건에 흠집을 내거나 삭아가게 하고 있다는 생각이 들었다.

언제부턴가 나경은 빗물 떨어지는 것과 관계없이 규칙적인 소리를 들었다. 톡, 톡, 톡. 비가 오지 않은 날에도 들었다. 처음엔 귀에 문제가 있는가 생각도 들었다. 아무리 귀를 긁어 파도 면봉에 피만 묻어나올 뿐 소리는 줄어들지 않았다. 소리는 귀를 울리고 심장을 긁고 뇌를 두드렸다.

"도대체 어디서 소리가 나는 거야?"

나경이 가슴을 주먹으로 치기도 하고, 관자놀이를 누르기도 하면서 온 집안을 돌아다녔다. 거실, 주방, 안방, 화장실, 다락방, 집안 곳곳에서 울리는 그 소리를 찾아 미친 듯이 킁킁대고 귀를 세우고 뒤지고 다녔다. 욕실 거울 앞의 티몬 어린이 변기에서, 키즈 로션에서, 로봇에서, 아기 공룡에서, 심지어 냉장고 안에서도 '톡, 톡, 톡' 났다. 크로와상, 패스추리, 아이가 먹는 과자. 아이 양말과 속옷과 겉옷, 빨랫감에서도 났다. '톡, 톡, 톡' 소리를 들으면서 나경은 허기가 졌다. 몇 번이나 냉장고 속을 살피던 나경은 신김치를 끄집어내 물에 말은 밥을 두 사발이나 먹었다. 남편은 나경을 빤히 쳐다보다가 걱정하는 투로 말했다.

"당신, 병원에 가보는 게 어때?"

*

곰팡이가 벽을 타고 덩굴처럼 번져나갔다. 자꾸 가지를 치고 뻗어나갔다. 나경의 얼굴을 검게 만들고 휘감아 온몸을 집어삼킬 것 같았다. 잠시라도 집을 벗어나고 싶었다. 아이를 데리고 마트에 갔다. 장난감이 진열된 곳에서 아이가 나경의 팔을 잡아당기며 블록을 가리켰다. 나경은 못 본 척하고 식품 코너로 재빨리 걸어갔다. 다음날 저녁에 퇴근하는 남편의 손에 블록박스가 들려 있었다. 남편은 주말 종일을 아이와 편백나무 블록을 갖고 놀았다. 직육면체 나무 조각은 몸통이 되었다. 사각뿔은 엉덩이가, 삼각뿔은 머리로 변했다. 코뿔소를 보며 아이는 달리는 말을 만들겠다고 했다. 밤에도 두 남자의 블록놀이는 이어졌다.

"이 나무 냄새가 벌레를 멀리 쫓아버렸어. 이젠 다신 오지 못할 거야."

모기가 물어 빨갛게 부푼 아이 이마를 보며 남편이 말했다. 나경이 그 뒤에 팔짱을 끼고 서서 말했다.

"설마 애를 버린 건 아니겠지."

남편이 날카로운 눈빛으로 나경을 쏘아보았다.

"아줌마, 아, 고모. 물!"

아이가 나경이 쪽으로 고개를 휙, 돌리며 말했다. 고개가 돌아갈 때 아이의 곱슬곱슬한 머리카락이 찰랑거렸다. 나경은 습기에도 힘을 잃지 않고 오히려 윤기 흐르는 아이의 웨이브 진 머리카락을 바라보며 계속 말했다.

"서울에서 맘시터로 일할 때, 애 버리고 간 여자 봤어."

"물 달래잖아." 남편이 말했다.

"직접 갖다 먹어!" 나경이 날카롭게 소리쳤다.

*

여전히 사촌은 소식이 없었다. 남편에게 사촌의 전화번호를 물었지만 망설였다. 다그쳐 알아낸 번호로 전화를 했다. 받지 않았다. 나경은 아이 어떻게 할 거냐고 여러 번 문자를 보냈다. 이틀이 지난 후에야 답이 왔다. 지금 많이 바빠서 그래요. 당분간만 더 봐주세요. 수고비 드릴게요.

나경이 거실 소파에서 깜박 잠이 들었다. 물이 옷을 적셨다. 눈을 떴다. 눈앞에서 아이가 나경에게 물을 뿌리고 있었다. 아이가 통에 받힌 물로 장난을 쳤는지 거실 바닥에 물이 흥건했다. 나경은 벌떡 몸을 일으켜 뜬금없이, 그러나 무섭게 아이의 어깨를 잡았다.

"너, 파마한 거야?"

아이는 잠시 생각하더니 활짝 웃었다.

"엄마랑 미장원에 갔는데 난 초코 우유 마시고 엄마만 파마했어."

나경은 사진첩을 꺼내 결혼사진을 아이에게 보여주었다.

"너 엄마 찾아봐."

아이는 제 엄마를 찾지 못했다. 저녁에 퇴근한 남편에게 앨범부터 내밀었다.

"그 여자 어디 있어?"

"여자? 무슨 여자."

"당신 사촌누나."

"결혼식에 안 온 거 같아."

"그럼 그 여자 아버지 어머니는 어디 있어?"

"사실은 나도 자세히는 몰라. 그냥 어머니가 사촌이라고 그랬어."

"어머니가?"

"그래, 어머니."

"그럼 어머니가 돌아가시기 전부터 이 집에 드나들었단 말이야?"

남편이 미간을 찌푸린 채 눈을 가늘게 뜨고 쳐다보았다. 시어머니는 결혼을 반대했다. 이유는 나경의 친정어머니였다. 나경의 부모는 이혼을 했지만 시어머니의 말을 빌리면 나경의 어머니는 '집을 나간 여자'였다. "이혼이에요." 나경이 싸늘하게 말하면 시어머니는 코웃음을 치며, "그거나 그거나"라고 말했다. 결혼한 지 7년이 되도록 아이가 없었지만 시어머니는 한번도 아이를 재촉한 적이 없었다. 그것이 나경이 시어머니에게 고마워한 유일한 점이었다. 남편이나 나경도 아이 문제에 대해 특별한 계획이 없었다. 별로 이야기하지도 않았다. 아이는 있어도 없어도 상관없다는 투였다. 굳이 계획하고 자시고 할 문제는 아니라는 거였다.

몸이 끈적였다. 곰팡내가 공기 중에 맴돌았다. 곰팡이가 집을 자꾸만 자라게 하는 것 같았다. 벽지가 자라고 천정이 두터워지고, 벽뿐만 아니라 집 전체가 몸피를 불리며 자라는 것 같았다. 흐물거리면서 몸을 불리다가 어느 순간 와르르 허무어질 것 같았다.

줄기차게 내리던 비가 오후가 되자 그쳤다. 모처럼만에 햇살이 반가웠다. 나경이 플라스틱 의자를 들고 다락방 옆 창고로 올라갔다. 의자에 올라서서 마른걸레로 창틀의 홈에 고인 물을 닦아냈다. 걸레가 금방 젖었다. 걸레를 바꾸어 가며 창문과 방충망을 이리저리 밀어가며 물기를 없앴다. 창틀 홈에 뾰족한 못이 튀어나와 있었다. 아무래도 그 부분에 의심이 갔다. 지붕의 틈을 메웠고, 복도 층계참 위에 금속 덮개를 덮었지만 아무 소용이 없는 원인은 못 사이의 틈인 것 같았다.

"창고 창틀 홈에 뾰족한 못이 네 개 튀어나와 있는데 그 틈으로 물이 새들어간 것 같아."

나경이 말하자 퇴근한 남편은 짜증을 냈다.

"그 작은 틈으로 그 많은 물이 들어갈 리 없어. 어디 덜 닫힌 문틈으로 샜을지도 모르잖아. 그냥 창문 꼭 닫아놓자. 그리고 나중에 장마가 완전히 끝나면 그때 다시 제대로 수리하고 살면 될 텐데 도대체 왜 맨날 이리 피곤하게 구는 거야."

남편은 지긋지긋하다는 듯 방으로 들어가 문을 쿵 닫았다.

나경은 주방 서랍에서 김장용 비닐을 꺼내 지붕으로 올라갔다. 창고 창문에 비닐을 댔다. 한 뼘으로 자른 테이프가 바람이 불자 비닐에 엉켜 엉망이 되었다. 다락방에 가서 테이프를 길게 여러 개 잘라 손등에 붙이고 다시 지붕에 올라갔다. 경사진 지붕에 발이 뒷걸음쳐서 옥상 바닥까지 닿았다. 4미터 남짓한 거리였지만 무릎의 살갗이 벗겨졌다. 손바닥도 벗겨졌다. 빗물이 들어가니 쓰렸지만 다시 지붕으로 올라갔다. 발가락에 힘을 주며 몸을 지탱했다. 창문 위쪽에 짧은 추녀가 있었다. 안쪽은 물기가 없었다. 비닐을 붙여 창을 가렸다. 창 아래쪽은 젖어서 비닐이 붙지 않았다. 바람에 너덜거렸다. 겨우 이 정도로 새들어오는 빗물을 막을 수 있을 것 같지 않았지만 뭔가를 해야 했고, 이런 어설픈 조치에도 조금은 안심이 되었다.

하루 반짝하던 날이 다시 흐려졌고 장마가 시작된 지 두 달이 넘도록 끝날 기미가 보이지 않았다. 그동안 사촌은 전화도 문자도 어떤 연락도 되지 않았다. 남편은 그냥 조금만 더 기다려보자고 했다. 급기야 태풍을 동반한 비바람이 몰려왔다. 누수가 다발적으로 발생했다. 주방 천정, 안방 천장 위에도 물방울이 매달렸다. 되는 대로 여기저기 틀어막아놓은 것이 이젠 처음 샌 곳이 어디였는지조차 찾을 수 없게 만들었다. 물통, 스텐 함지와 갈색 고무대야, 냄비, 양재기 온갖 그릇에 물이 차오른다. 이쯤에서 나경은 이제 물받이 그릇 따위가 소용없을 거라는 체념이 들었다. 집안 그릇을 전부 동원한다 해도 부족할 것 같았다.

방수업자에게 전화를 걸었다. 남자는 한숨을 쉬었다. 그리고 이제 자신도 어쩔 도리가 없다는 말을 했다. 나경은 처음부터 맡은 일이니 끝까지 책임을 져야 하는 게 도리 아니겠냐고 말했지만 남자는 처음부터 잘못된 집은 자기도 어디가 문제인지 찾아낼 수가 없다고 말했다. 집이란 것은 그냥 네모난 단순한 하나의 물건이 아니라 숨겨진 틈이 하도 많아서 그저 눈에 보이는 구멍이나 메우는 사람인 자신으로서는 더 이상 할 수 있는 일이 없다고 했다. 그리고 마지막으로 훌륭한 처방을 내려주었다.

"차라리 부수고 새로 지으시죠."

*

주방 의자를 거실에 놓은 나경은 의자 위로 올라섰다. 다락방 난간 아래 천정에 곰팡이가 피고 벌어진 나무판자 틈

새로 검게 썩어가고 있는 게 보였다. 나무판자를 뜯어냈다. 아이가 의자 곁에서 얼씬거렸다.

“저리 비켜.”

의자 곁에 선 아이는 한 발자국도 움직이지 않았다. 뭔가 나경의 머리를 때리고 바닥으로 떨어졌다. 아이가 얼른 주워들었다.

“와, 치킨이다.”

나경이 아이의 손에 들린 쭈그렁이 닭다리를 보았다. 아이는 합판 속 어딘가에서 오랜 시간 동안 굴러다니다 튀어나온 닭다리를 입 근처에 갖다대고 냠냠거리며 먹는 시늉을 했다. 남편이 지방으로 내려올 무렵, 수리했던 인부 중 하나가 먹다 남은 치킨을 집어넣었는지 아니면 어두운 밤에 소리도 없이 이 지붕 저 지붕 돌아다니던 새끼 고양이가 물고 다녔던 것인지도 모른다.

“와, 신난다. 콜라가 나올지도 몰라.”

아이가 신나 하며 크게 외쳤다.

“고모, 아줌마, 그 안에 도마뱀이 있을지도 몰라. 이 집은 보물상자야. 나도 할 거야.”

아이가 의자에 올라서려고 발을 올렸다. 나경의 몸이 흔들렸다. 발로 아이를 밀어내려다 테이블에 부딪치고 넘어졌다. 물통의 물이 쏟아졌지만 그것보다 팔이 몹시 아팠다. 나경이 갑자기 몰려오는 통증에 인상을 찌푸렸을 때 아이가 나경의 얼굴에 물을 뿌렸다.

"고모, 아줌마, 내가 재미있게 해줄게."

나경이 있는 힘껏 악을 썼다.

"제발 내 눈 앞에서 사라져!"

*

퇴근한 남편이 나경의 깁스한 팔을 보며 말했다.

"왜 이래, 무슨 일이야?"

나경이 말이 없자, 남편은 사태를 파악한 듯했다. 남편이 학생일 적에, 그때도 비가 샌 적이 있었다고 한다. 아무리 찾아도 원인을 알 수 없었다고, 그러다 괜찮아지길 반복해 그냥 두었다는 것이다. 그래서 남편과 남편의 어머니에게는 비가 새는 것이 일상에 가까웠다며 그리 심각한 일은 아니라고 했다. 남편이 목소리를 낮춰 나경을 달래듯이 조근하게 말했다.

"그리고 언제까지 이 집에 살건 아니잖아, 정 안 되면 그땐 이사 가자."

"어머니가 지은 집에서 한 발짝도 움직이지 못한다고 하더니."

"당신, 아파트 좋아하잖아. 조금만 참아."

"저 놈의 습기 때문에 내 몸이 다 녹아내리고 난 다음에?"

"…."

"당신, 사촌 이름이 뭐야?"

"갑자기 이름은 왜?"

"친사촌 이름을 설마 모른다는 거야."

"내가 언제 친사촌이라고 했어?"

"그럼 대체 그 여자가 누구라는 거야?"

"어머니 외가의 친척 딸이래."

나경은 깁스한 팔에서 땀방울이 흘러내리는 것을 닦지도 않고 남편이 일러준 아파트 단지를 몇 바퀴 돌았다. 그 여자가 산다는 아파트 이름을 찾지 못했다. 남편에게 전화를 걸어 단지 이름을 다시 물어보았다.

"아, 나도 잘 몰라. 제이스라던가. 제니시스라던가. 1401호라고 했던가. 1402호라고 했던가. 아, 몰라."

한 시간 동안 찾아헤맸지만 남편이 말한 단지나 그런 비슷한 이름의 아파트는 아무데도 없었다. 이 동네에 10년째 거주한다는 여자가 말했다.

"이 동네에 그런 아파튼 없어요."

*

비는 그쳤다가 내리기를 반복했다. 비가 그쳐도 번져가는 곰팡이가 보였고 부풀어오른 천정 테두리 몰딩이 보였다. 귀를 막아도 물소리는 여전했다. '똑, 똑, 똑' 소리도 잦았다.

"소리가 심해지고 있어. 귀가 터져버릴 것 같고 숨을 쉴 수가 없어."

나경이 귀를 막고 소리쳤다.

"하여튼 당신 별난 것 알아줘야 해."

"도대체 그 여자는 언제 오는 거야."

"언젠간 오겠지."

"언젠간 온다고? 언젠가라니."

"그 누나 불쌍해. 혼자 사느라 얼마나 힘들겠어."

"나, 나, 나! 그리고 썩어가는 집! 그런 건 안 보여?"

"당신, 우리 집이, 뭐가 어쨌단 말이야."

"뭐라고? 제발 그 여자 불러 애 데려가게 하라고."

나경의 소리가 커졌다.

"애, 깨. 입 좀 다물어."

남편이 쏘아붙인다. 나경이 잠시 남편을 노려보다가 방문을 쾅 닫고 나왔다. 나경이 핸드폰의 코레일앱을 열었다. 서울행 열차의 빈 좌석을 확인했다. 예매를 터치하려다 그만둔다.

주간 예보를 확인했다. 며칠 동안 날이 갠다. 그때를 틈타 옥상 바닥과 옥상 벽에 방수작업을 하기로 약속했다. 마지막 선택이자 마지막 보루다. 더 이상 물러날 곳이 없다.

공사를 하는 날 남편은 출근하기 전까지 나경에게 당부했다. 아이가 다락 난간에서 아래를 내려다보지 않도록 하고 특히 옥상에 올라가지 못하게 하라고 골백번 같은 말을 되풀이했다. 슁글 지붕 용마루 남쪽 끝머리는 난간이 없어 언제나 조마조마하다고 했다. 대꾸가 없는 나경이 미덥지 않았던지 아이에게도 옥상에 올라가면 안 된다고 몇 번이나 일렀고, 아이의 다짐을 듣고 출근했다.

“고모 아줌마, 저 위에 뭐가 있어요?”

남편이 나가자마자 아이가 앞으로 나서며 말했다.

인부들이 옥상 바닥에 푸른 방수 페인트를 질퍼덕하게 발라놓고 옥상 복도 계단으로 내려왔다. 아이가 인부 사이를 왔다갔다 걸리적거렸다.

“얘, 꼬마야, 저리 가. 옷에 묻어.”

인부가 간 뒤 나경 앞에서 헤헤 웃는 아이의 코에 초록 페인트가 묻어 있었다.

“가서 씻어.”

나경은 아이에게 말하고 깁스한 팔이 아래로 닿지 않게 주의하고 나른한 몸을 소파에 눕혔다. 설마 이젠 더 이상 물이 안 새겠지. 이젠 날씨가 도와주면 돼. 옥상 바닥의 그 어떤 틈도 쏟아부은 흥건한 방수 페인트에 다 묻혀버렸을 테니 정말 이젠 괜찮을 거야. 도무지 바늘구멍이라도 있을 데가 없잖아. 나경은 흐뭇한 기분으로 깜박 잠이 들었다.

얼마나 지났을까. 어디선가 아이 우는 소리가 들렸다. 여기저기 두리번거리다가 잦아드는 울음소리를 들었다. 나경은 실내 나무 계단을 올라 다락으로 갔다. 닫아놓았던 다락방 문이 젖혀 있다. 다락방을 지난다. 잠가두었던 옥상으로 나가는 문이 열려 있다. 문 밖으로 어깨를 내밀었다. 옥상을 살펴보았다. 인부들이 쏟아부은 초록 바닥이 시퍼런 바다처럼 펼쳐져 있었다. 바다의 수면 같은 바닥에 아이의 발자국이 나 있다. 발자국이 서쪽 벽으로 향한다. 초록 바닥을 휘젓고 다닌 발자국 끝에 온통 초록색을 덮어쓴, 웅크렸는지 누웠는지 모를 어떤 초록덩어리가 보이는 듯했다.

나경이 오른발을 들어 옥상을 향해 내뻗었다. 말짱히 갠 줄 알았던 하늘에서 다시 빗방울이 조금씩 떨어지고 있었다. 발은 더 이상 앞으로 나아가지 못하고 잠시 허공에 떠 있었다. 칠해진 바닥에 닿기 전에 다시 발을 뒤로 뺐다. 문을 살그머니 닫는다. 등을 문에 기대어 숨을 고른다. 남편이 돌아오면 여기저기 찾겠지. 화장실이고 주방이고 창고고 몽땅 뒤지다가 옥상으로 올라오겠지. 나경이 다시 한번 깊은 숨을 마시며 잡고 있던 문고리를 눌러 잠갔다. 손가락에 경련이 일었다. 나경은 다시 슬그머니 문의 잠금장치를 풀어놓았다. 그리고 소리 내지 않고 천천히 다락방을 지나 계단을 내려왔다. 등 뒤에서 더욱 잦아진 아이 울음소리가 들려왔다. 나경은 목구멍을 차마 빠져나오지 못한 말을 중얼거렸다.

“난, 아무 짓도 안 했어. 난 저 아이한테 손끝 하나 대지 않았어.”

*

나경은 구부러진 채로 배에 붙어 있는 오른팔 대신에 왼팔로 커다란 캐리어를 끌며 플랫폼을 걸어갔다. 저 멀리서부터 다가오는 서울행 기차를 보고 발을 앞으로 내밀었다.

기다리던 직장에서의 소식은 아직 없었다. 더 이상 어떤 소식도 기다리지 않을 것이다. 그 여자가 오기를 기다리지도 않을 것이며, 남편의 전화도 기다리지 않을 것이다. 장마가 끝나기를 기다리지도 않을 것이다.

바람 부는 날

바람 부는 날

강둑을 넘어온 바람이 냉기를 스웨터 안으로 밀어넣는다. 역 마당에 쌓인 하얀 둥굴이가 추워 보인다. 둥굴이더미 옆에 있는 사람들 속에 고모는 없다. 새벽부터 고모는 어디로 갔을까? 연이는 소나무 둥굴이에 올라서서 철길을 본다. 산모롱이를 돌아오는 철길은 텅 비었다. 지난 번에는 화물열차가 오지 않아 소나무 껍질로 불을 때지 못했다. 서늘한 방에서 기침을 하는 어머니 모습이 떠올라 둥굴이에서 내려왔다 올라서기를 반복한다. 서릿발 같은 찬 기운이 발등으로 올라와 종아리를 지날 즈음이다. 화물열차가 여명을 헤치고 다가온다. 사나운 짐승처럼 덮치더니 집채 같은 바람을 일으킨다. 순간 무서움이 인다. 어머니가 얼어죽을지도 모른다.

화물칸에 쌓인 아름드리나무가 역 마당에 옮겨지고 있다. 기다리다 지친 노파가 통나무더미로 다가간다.

"저리 비키지 못해, 이런 우라질."

인부의 고함소리에 가는귀먹은 노파가 주춤하더니 통나무에 붙어 앉아 소나무 껍질을 벗겨낸다.

"악바리 노인, 손목대기 부러져도 책임 못 져!"

인부가 사라지자 사람들이 통나무에 달라붙어 손을 바쁘게 움직인다. 잎을 갉아먹는 애벌레처럼 쉴 새 없다. 소나무 껍질이 무디어진 칼에 의해 벗겨진다. 두툼한 껍질이 분리될 때마다 송진 냄새를 뿜어낸다. 연이는 소나무에 뾰족한 칼을 박고 안간힘을 쓰지만 단단한 껍질은 완강하게 버틴다. 실랑이 끝에 손바닥만 한 껍질을 떼어내 포대에 담는다.

"너 고모 또 어디 갔구나. 혼자 온 거 보니."

윗동네 언덕배기에 사는 순갑의 언니가 연이의 홀쭉한 포대를 흘끔거리며 말을 건넨다. 순갑 자매의 포대는 벌써 반쯤 차올랐다. 고모와 같이 왔을 땐 포대가 금방 불거졌었다. 연이가 잠자리에서 눈을 떴을 때 이미 고모는 보이지 않았다. 밤새 기침을 하느라 새벽에 잠든 어머니만 눈에 들어왔다. 부엌과 뒷마당 그 어디에도 고모는 없었다. 고모가 역마당에 오지 않은 것을 알면 어머니의 기침은 더욱 심해질 것이다. 온기가 사라진 방에 누운 어머니의 기침 소리가 들려오는 듯하다. 어머니가 고모 뒤를 그림자처럼 따라다니라고 했지만 자꾸 놓쳐버린다. 고모가 나무에 달라붙은 매미처럼 남의 자전거 뒤에 올라타고 강둑을 달리면 지난 번처럼 소문이 날 것이다.

소문은 눈부신 단풍 빛깔처럼 골목을 달구어 동네 구석구석으로 번져나갔다. 고모가 매달리는 것을 좋아한다면 연이는 매다는 것을 좋아했다. 고모는 자전거 뒤에 매달렸고 연이는 아기를 등에 매달았다. 앙증맞은 아기를 보면 자꾸만 업고 싶었다. 작년까지만 해도 눈동자가 솔방울만 한 아기를 등에 매달고 마을 골목을 누비고 다녔다. 끝이 닳은 강보를 치마 마냥 에두른 연이의 모습을 본 어머니는 넋두리를 늘어놓았다. 하란 공부는 안 하고 남의 아기만 업고 다니면 내 도망가뿐다. 마루 안쪽 미닫이에 기댄 어머니가 엄포를 놓았지만 연이는 대문 밖으로 나갔다.

아랫방에 사는 경이는 동생이 셋이나 된다. 경이 어머니는 맏딸인 경이 등에 동생을 차례로 동여맸다. 돌이 막 지난 아기는 제 누나의 등에 매달릴 때마다 자지러지게 울었다. 대문 밖에만 나서면 경이는 인형같이 앙증맞은 동생 발을 꼬집었다. 아를 울리지 마라, 요것아! 성마른 경이 어머니 목소리는 대문 밖 골목 입구까지 퍼져나갔다.

날씨가 제법 쌀쌀한 날이었다. 자지러지게 울어대는 소리를 들은 연이는 발걸음을 멈추었다. 골목 밖 공터에 걸레처럼 내던진 강보 위에서 강아지가 어지럽게 날뛰었다. 발을 묶은 끈이 나무에 동여매인 채 겁먹은 아기는 한 발자국도 달아나지 못했다. 발을 구르며 우는 경이 동생의 목은 잠겼고 묶인 발목은 단풍이 든 것처럼 붉었다. 경이 동생을 업은 연이는 강아지의 꽁무니를 쫓으며 뛰었다. 아기 웃음소리와 아기 체온이 온몸으로 전해졌다. 따스했던 그 기억이 이튿날도 지워지지 않았다. 이후 아기를 자주 업었다.

경이는 나비처럼 나풀거리며 고무줄놀이에 열중했다. 키가 큰 경이는 바지랑대를 세워논 것 같은 줄을 잘도 넘었다. 경이는 언제나 출렁거리는 고무줄이 아래로 내려올 때 발을 걸어 몸도 가볍게 선을 넘었다. 그와 달리 연이는 고무줄이 위로 올라갈 때 발을 걸어 하늘에 걸린 수평선 같은 줄을 한번도 넘지 못했다. 아기를 업은 연이는 수평선을 가볍게 넘는 경이 모습을 바라보곤 했다.

사실 연이가 아기를 업는 이유는 따로 있었다. 서늘한 방에서 하릴없이 기침을 해대는 어머니 곁에서 노래를 불러야 했다. "바람 부는 날 강둑에서 연을 날려볼까. 연에 마음을 실어 멀리 멀리 날아볼까. 강물 따라 바다로 가서 새를 만나볼까. 우리는 금방 친해질 거야. 마음이 통하는 어린 새니까…." 노래를 부르다보면 자신도 모르게 침샘이 얼어 기침이 나왔다. 목도 아팠다. 마음이 부쩍 약해져 자꾸만 노래를 부르라는 어머니지만 뿌리치지 않을 수 없었다. 땔감은 하나도 남아 있지 않았다. 소나무 껍질로 밥 지을 때 외에 불을 지피지 못한 얼음골 같은 방을 벗어나서, 아기를 업고 종종걸음을 걷다보면 쌀쌀한 날씨에도 강보로 감싼 배와 가슴은 따뜻했다.

지난 여름 고모가 경이 외삼촌의 자전거 뒤에 타고 긴 머리를 날리며 강둑길을 달려가는 모습을 보았다. 친구들과 강에 멱을 감으러 가는 길이었다. 고모의 낯익은 꽃무늬 원피스 자락이 펄럭거렸다. 그 후 연이는 고모가 아기를 가졌다는 소문을 들었다. 뛸 듯이 기뻤다. 연이는 경이 아버지가 자전거 뒤 넓적한 짐실이 송판 위에 경이 어머니를 앉혀서 다니는 모습을 자주 보았다. 얼굴에 핏기가 없던 날도, 배를 움켜잡고 아프다고 고함을 치던 날도, 병원 앞에서 마주쳤다. 연이는 경이 아버지가 경이 어머니를 자전거에 자주 태우고 다녀서 아기가 생기고 또 생겼다는 결론을 내렸다. 고모를 보아도 그렇다. 윤이 나서 마치 새로 산 듯 날렵한 자전거 뒤에 타고 달려간 후에 아기를 가졌다는 소문이 돌았다. 처음에는 세 든 사람들 입에 오르내렸다. 흐르는 시간을 타고 둥둥 떠다니던 소문은 골목을 지나 공터를 향해 치달았다. 나중에는 고추잠자리처럼 날개를 나풀거리며 하늘을 날아다니다 어머니 귀에 날아들었다. 소문을 들은 어머니는 넋두리를 쏟아냈다. 아이고, 귀신은 뭐하는지 나 같은 거 안 잡아가고.

며칠 전이었다. 연이는 노래를 불러달라는 어머니를 이해할 수 없었지만 거부할 수 없었다. 기침 소리가 이상했다. 기침이 잦고 숨도 가빴다. "태극기가 바람에 펄럭입니다. 하늘 높이…." 2학년인 연이는 1학년 꼬마들이 부르는 노래까지 들추어 목청을 돋우었다. 기침이 잦아들지 않았다. 자리에 누운 어머니의 정령이 태극기처럼 펄럭이다 끈 떨어진 연처럼 하늘 높이 먼 곳으로 날아갈 것만 같았다.

아기를 가졌다는 소문을 듣고 몸져 누운 어머니가 이틀 만에 자리에서 일어났다. 일어난 지 정확히 1주일 후에 경이네 식구가 부랴부랴 이사를 갔다. 어머니가 경이 어머니에게 느닷없이 방을 비우라고 했기 때문이다. 오래 전부터 아랫방에 살던 경이 어머니는 해마다 방세도 올려받지 않은데다 마음씨 좋은 주인 만나기 쉽지 않다며 집을 마련할 때까지 눌러살겠다고 입버릇처럼 말했다. 연이가 뒷산에 뒹구는 갖가지 색깔의 단풍잎을 모아 도화지를 예쁘게 장식할 때였다. 어머니가 치밀어오르는 화기를 눌러 참는 얼굴로 경이 어머니를 불러오라고 일렀다.

어머니는 마주 앉은 경이 어머니에게 뜬금없이 방을 비우라고 했다. 산골에 사는 조카가 공부하러 온다는 생뚱맞은 말을 덧붙였다. 경이 어머니는 집 주인의 말을 믿지 않았다. 결국 분위기는 단조로운 가락처럼 흐르다가 높은 톤으로 바뀌었다. 애먼 죄로 세든 사람을 왜 나가라고 해요? 참말로 그걸 몰라서 물어요? 경이 어머니는 지지 않았다. 내가 일부러 시킨 일이 아니잖아요. 당황한 기색이 역력한 어머니는 역공세에 밀려 주춤거렸다. 하지만 단연코 물러나진 않았다. 파리한 미소를 띠고 빠른 시일 내에 방을 비우라고 했다. 애가 넷이면 문간방 구하기도 어려워요. 형편 좀 봐주이소. 경이 어머니의 애원에도 불구하고 어머니는 한 사코 뜻을 굽히지 않았다. 경이 어머니는 바른 지 얼마 지나지 않은 방문의 문종이를 모두 헤집어놓고 이사 갔다.

사실 연이는 고모가 아기를 가졌다는 사실을 진작 알고 있었다. 어머니가 모처럼 만에 외출 준비를 하던 날이었다. 해질녘 어머니가 머리를 빗고 옷을 단정히 하고 대문을 나섰다. 늘 방에만 있어서 도화지에 그린 모래 그림처럼 파삭해 보이던 어머니 얼굴이 그날 따라 환해서 외출을 삼간 사람처럼 보이지 않았다. '나를 버리고 멀리 도망가지 않을까?' 이어 어머니가 했던 말이 떠올랐다. '내 말 안 들으면 내 도망갔뿐다.'

연이는 어머니의 참한 맨드리를 걱정하며 소리 죽여 뒤를 밟았다. 골목을 빠져나와 다리를 건너 도착한 곳은 뜻밖에도 동사무소 옆 공원 안쪽 어두침침한 곳이었다. 어머니는 어둑발이 내린 주위를 살피더니 우람한 나무 뒤 으슥한 곳으로 갔다. 미리 기다린 듯 회색 잠바 차림의 젊은 남자가 어슴푸레하게 보였다. 어머니와 남자는 어색한 대면을 하고 쭈그리고 앉아 알아들을 수 없는 말을 나누었다. 뭔가 나직하게 소곤거리는 비밀스러운 대화가 궁금했다. 어머니가 정분이 난 게 아닐까 걱정이 되었다. 더욱이 어스름 속의 남자가 누군지 알고 싶어 몸에 쥐가 날 정도였다. 공원 입구 나무 옆에 있던 연이는 두 사람이 있는 큰 나무 곁으로 살금살금 다가갔다. 귀에 스피커를 단 듯 말소리가 들렸다. 이 일을 어찌할꼬! 도대체 우리 아기씨 배에 아이는 어쩔 셈이요? 어머니의 음성이 떨렸다. 더 이상 아무 소리도 들리지 않았다. 어머니와 마주앉은 사람이 경이 외삼촌이라는 사실에도 놀라지 않았다. 이야호! 연이는 쾌재를 부르며 펄쩍 뛰어올랐다. 탄성을 들은 어머니의 매서운 목소리가 날아왔다. 이게 누구고? 어머니는 실눈을 부릅뜨고 뱀처럼 노려보았다. 니가 왜 여기에! 연이는 부리나케 거리로 달음질쳤다.

그런데 참으로 이상한 일이었다. 고모의 배가 경이 어머니처럼 부풀어오를 기미가 없었다. 결국 아기는 태어나지 않았는데 흔적도 없이 증발해버렸다. 그러던 어느 날이었다. 연이를 방바닥에 주저앉힌 어머니가 엄하면서도 조곤조곤하게 일렀다. 오늘부터 고모 뒤를 따라다녀라. 한시라도 놓치지 말고 그림자처럼 찰싹 붙어 있어야 한다. 알아들었지? 은근하면서도 단호한 어머니 말이 그저 막막하기만 했다. 왜? 무엇 때문에? 어떻게 하라는 건지. 그토록 싫어하던 아기가 사라졌는데 고모 뒤를 왜 따라다니라고 하는지? 얽히고설킨 복잡한 동화처럼 도무지 가늠이 되지 않았다. 하지만 어머니를 거역해서는 안 된다.

어머니의 병이 더 심해졌다. 절에 다녀온 후부터 밤새 콜록거렸다. 절에 간 날 글씨를 쓰지 못하는 어머니 대신 축원문은 연이가 썼다. 어머니가 일러주는 말을 적었다. 글씨가 삐뚜름했다. '병이 깊어 자리보전하여 방에만 있지 않았으면 돈을 어떡하던 마련해 학교를 마쳤을낀데, 아기씨가 마음 다

잡지 못하는 게 다 내 탓이지요. 벌을 주려거든 내게 주고 아기씨가 이젠 마음 다잡고 무탈하게 살도록 해주소. 그리고 어린 연이도 잘 크도록 부탁하니더.' 그날 연이는 어머니의 간절한 기도에도 불구하고 좋지 않은 예감이 들었다.

"그저께 너 고모가 오토바이 뒤에 타고 삼거리 지나는 거 봤어."

순갑이가 막 벗겨낸 껍질을 포대에 던져넣으며 말했다.

"우리 엄마한테 그 말 하지 마!"

어머니가 사실을 알면 이번에는 죽을지도 모른다. 아니 죽을 것이다. 순갑의 아버지가 얼마 전에 돌아가셨다. 순갑의 어머니는 작년에 저세상으로 갔다. 순갑이처럼 고아가 되기 싫다. 고모가 또 아기를 가질지도 모른다는 두려움이 머리에 똬리를 튼다.

통나무더미는 어느새 하얀 둥굴이더미로 변했다. 사람들의 포대는 가득 채워졌다. 소나무 껍질로 불룩해진 포대와 넘치는 함지박을 머리에 얹은 사람들이 자리를 뜬다. 순갑과 순갑 언니의 포대도 배가 불룩하다.

"먼저 간다. 천천히 와."

순갑 자매가 역 마당을 떠나자 이어 순갑의 뒷집에 사는 노파도 마당을 나선다. 머리에 포대 한 개를 얹고 다른 손에 포대를 들었다. 연이의 머리와 옷자락엔 온통 소나무 냄새가 들러붙었지만 자루는 반도 채우지 못했다. 사람들이 모두 떠났다. 구름 사이를 들락날락거리던 해가 회색 구름에 완전히 가려졌다.

"모지락스럽게 벗겨냈군!" 화물 트럭 기사가 발가벗긴 소나무를 트럭에 옮기며 구시렁거렸다.

소나무같지 않은 소나무 둥굴이는 제재소로 가기 위해 트럭에 옮겨지고 있다. 트럭 위의 둥굴이가 차가운 바람과 마주치자 소리를 냈다. 무언가 되기 위해선 발가숭이가 되어야 한다고 소리치는 것 같다. 둥굴이를 실은 트럭이 역 마당을 떠난다. 고모가 먼 곳으로 가서 다시 돌아올 수 없다는 생각을 하자 두려웠다. 화들짝 정신이 들었다.

눈앞에 새로운 세상이 펼쳐졌다. 마술을 보는 것 같았다. 둥굴이더미가 사라진 마당에 흩어진 소나무 껍질은 선명하면서도 은은했다. 껍질을 포대에 담을 때마다, 쏟아진 파스텔 크레용을 통에 하나씩 가지런하게 채우는 기분이었다.

집안 어디에도 고모의 모습은 보이지 않았다. 머리맡에 차려놓은 밥상을 어머니는 건드리지도 않았다. 소나무 껍질을 한 포대 채웠다고 말했지만 자리에 누운 어머니는 대꾸가 없다. 앙상하게 드러난 광대뼈와 턱뼈, 검은 피부. 미라 같은 어머니가 숨을 가파하며 입을 열었다.

"니이 고모가 오토바이 뒤에 타고 다닌다며…."

연이는 흠칫했다. 소문이 퍼진 것보다 기운 없이 새나오는 목소리에 가슴이 두근거렸다. 어머니는 그 전처럼 연이의 손을 잡고 신신당부도 하지 않았다. 꼭 붙어 있어야 한다. 너는 뭐하고 있었느냐? 그런 타박의 기미도 없다. 아저씨네 가게에 가보란 말도 하지 않았다.

한낮이 지나도록 고모는 오지 않았다. 연이는 고모를 찾으러 대문 밖으로 나왔다. 시장 한 모퉁이에 자리잡은 동굴같이 새까만 염색가게는 고모를 끌어들였다. 어머니는 고모에게 꼼짝하지 말고 집에만 있으라고 했지만 아저씨네 가게에 간다면 어쩌지 못하고 허락했다. 친척 아저씨가 운영하는 가게는 요즘 들어 일감이 부쩍 늘었다. 군복이 튼실하고 질기다는 입소문이 퍼지자 농 안 구석에 있던 누런 군복을 꺼내 물을 들이려고 가져왔기 때문이다. 염색은 손질이 많이 가는 일이었다. 염색약을 넣은 가마솥에 누런 군복을 넣어 삶아 검게 만들었다. 염색한 새까만 옷은 강물에 헹궈 달구어진 모래에 펼쳐 말려야 한다. 햇살이 따뜻한 날이었다. 모래밭에서 고모와 함께 잘 마른 옷을 자루에 담아 머리에 이고 염색가게로 돌아온 적도 있었다.

어머니가 믿고 의지하는 사람은 염색가게 아저씨다. 지난 번 고모의 일을 친척 아저씨와 의논했다. 어머니는 한숨을 쉬며 아저씨에게 말했다. 내 손으로 키웠으니 내 자식이지요. 후레자식 소리 안 들으려고 딴에는 애 많이 썼어요. 진작 나한테 맡겼더라면 그런 일은 없었을 텐데. 앞으로 내가 데리고 있으면서 잘 타이를 테니 걱정 마소. 아저씨는 어머니를 위로했다.

연이는 대문 밖 담벼락을 따라 골목을 걷는다. 담장 너머 굴뚝에서 연기가 피어오른다. 벌써 군불을 지피는가보다. 굴뚝 옆 처마 밑에 연탄과 장작들이 차곡차곡 쌓여 있는 것이 보인다. 아버지가 있는 집은 처마 밑에 땔감이 수북했다. 연이는 땔감이 가득한 집을 볼 때마다 아버지가 없다는 사실을 새삼 느낀다. 아버지가 살아 있다면…. 골목 입구 구멍가게 앞에서 동네 아낙들의 말소리가 들려왔다. 웃음소리도 간간이 섞여 들었다.

"올 여름에 보니 한참 피는 얼굴이라 꽃같이 환하더라니까. 뒷집 연이 고모 말이야. 남의 식구지만 탐나대."

"그러니까 손탔지 뭐. 그러나저러나 꽃을 보면 꺾고 싶은 게 남정네 맴이고 여자가 알아서 지 몸 간수해야지. 애까지 딸린 남자에게 주기는 왜 덥석 줘가지고 사달을 내는지 원."

"내 꺼 주고 욕먹는다더니 참…."

"얼굴이 반반하니까 남자가 잘 따르나봐. 새로 남자가 생겼다면서?"

"세상에, 그새!"

"청산댁이 며칠 전에 봤다네. 오토바이 뒤에 타고 가는 것을."

연이는 발걸음을 멈춘다. 가슴이 쿵쾅거린다. 동네 여자들은 하릴없이 왜 남의 말만 하는지. 가을에 깬 힘없는 서리병아리 같은 고모를 보듬는 방법조차 모르면서. 뒤에서 쑥

덕대기만 하는 동네 아낙들 수준이 형편없이 낮아보였다. 그들과 맞닥뜨리고 싶지 않았다. 발길을 되돌려 집으로 돌아가버리고 싶었다. 하지만 생각은 머릿속에서 맴돌 뿐 행동은 한발 앞서갔다. 사마귀처럼 험악한 인상을 쓰고, 주먹은 단단히 쥐고 달려갔다.

"비키세요. 자전거 나갑니다아아아요."

구멍가게 앞 아낙들과 가까워지자 더 힘껏 달렸다.

"비이켜요오!"

목청을 돋우어 가슴이 울리도록 소리를 냈다. 저녁 찬거리 두부를 든 아낙과 부딪쳤다. 땅 바닥에 그대로 튕겨나간 두부를 밟고 내달렸다. 내리막에서 관성의 법칙이 작용한 걸음은 쉽게 멈추지 않았다.

"저 저! 막되게 자라가…."

아낙의 말이 뒤통수에 달라붙었다.

"그러게 왜 골목 앞을 세낸 것처럼 다 차지해."

연이는 큰 도로에 나오자 숨을 헐떡이며 발걸음을 늦추었다. 낡고 해진 사진 속의 잘 생긴 아버지 모습이 떠올랐다. 아버지가 전쟁터에서 살아서 왔다면 고모는 학교에 잘 다니고 있었을 것이다. 어머니는 자식을 잘못 키웠다는 소리를 듣지 않을 것이고, 기침병도 들지 않았을 것이다. 여위어가는 어머니를 보며 외삼촌은 돌아서서 눈물을 훔치곤 했었다.

다리를 건넌다. 사람들이 붐비는 장날이다. 어쩌면 산골에 사는 외삼촌이 농기구를 수리하거나 봄에 뿌릴 씨앗을 구입하러 왔을지도 모른다. 강이 굽어보이는 마을에 사는 외삼촌은 찹쌀, 팥, 메주콩, 감자 등 잡다한 농산품을 철마다 집에 가져다주었다. 따스한 인정을 나누는 모습을 보면 어머니는 배운 데 있는 집에서 자란 게 틀림없다.

지난 여름 고모와 뒷산에 갔었다. 마을이 내려다보이는 사찰 옆 죽은 고목에는 능소화가 거미줄처럼 가지를 타고 이리저리 올라가 황적색 물결을 이루었다. 햇빛을 받아 황금빛을 발하는 종 모양의 꽃. 능소화 꽃그늘 속에 나란히 앉은 고모가 뜬금없이 말했다. 연이야, 너는 너 아버지 얼굴 모르지? 너가 태어난 지 1년 만에 오빠가 돌아가셨으니. 연이는 아버지에 대한 기억이 개울물처럼 말갛다. 고모가 어린 시절을 보냈던 고향 산골 이야기를 꺼냈다.

산골짜기 밭에 보리가 노랗게 여물고 있었다. 어린 너를 업고 보리밭 길을 걸었다. 사방 천지였던 보리 가시가 두리번거리던 너의 눈을 찔렀다. 벌에 쏘인 듯 눈이 퉁퉁 부어올랐다. 집으로 돌아와서도 너는 울음을 그치지 않았다. 너를 안은 너의 어머니는 십 리 족히 걸어서 읍내 병원에 간 후였다. 야단맞을 각오를 단단히 하고 있었는데, 뜻밖에도 오빠가 갓 지은 밥에, 노릿하게 구운 고등어를 밥숟가락에 얹어 주며, 다음부터는 아기를 업고 보리밭에 가지 마라며 자상하게 타일렀다. 고모는 숨을 고르는지 침을 삼키는 소리가 났다. 그… 그 사람이 마치 자상한 오빠같이 느껴지더라. 저녁노을에 눈을 붙박고 있던 연이의 귀에 고모의 목소리가 다시 들렸다.

언젠가 장날, 길에서 너의 외삼촌을 만났어. 급한 일이 생겨서 갖다줄 시간이 없다며 곡식 자루를 가져가겠느냐고 너의 외삼촌이 물었고, 단번에 가지고 갈 수 있다고 대답했단다. 자루를 머리에 얹고 묵직한 무게를 감당하며 발을 겨우 옮기며 가는데 마침 그 사람과 마주쳤어. 그가 정수리에서 큼직한 자루를 덜렁 내리더니 자전거 뒤에 실었다. 그날따라 다리가 후들거리고 어질병이 일어 쓰러질 것만 같았어. 어쩌지 못하고 그가 하는 대로 보고 있었어. 그날 그 사람이 도와주지 않았다면 아마 길 위에 쓰러졌을 거다. 해질 무렵이면 몸이 한없이 아래로 가라앉기만 했단다. 자전거를 뒤따라가면서 그 사람의 믿음직스런 등이 오빠같이 포근하게 느껴졌어. 하필 왜 오빠의 자상한 모습이 떠올랐는지. 이후 그와 이곳에서 본 꽃노을이 눈물이 흐를 만큼 곱더라. 연이는 고모의 얼굴을 보았다. 고모는 마치 숲속을 지나온 바람이나 능소화의 고운 빛깔과 자태를 부단히 끌어올려 하늘을 황적색으로 물들인 노을에게 말하는 것 같았다.

연이는 장터를 둘러보았지만 외삼촌의 모습은 보이지 않았다. 장터를 빠져나와 곧게 뻗은 길을 가다가 삼거리에서 방향을 바꾼다. 고모는 염색가게가 아닌 동백가게에 있을지도 모른다. 버스 정류장 맞은편에 있는 동백가게 2층 건물의 뒤쪽은 골목 끝의 막다른 집 담과 이어져 있다. 막다른 집 대문과 이어진 골목은 허름한 여인숙들로 채워져 있다. 그 여인숙 골목 입구 단층집 대문에 흐릿한 전등이 매달려 있다. 칠이 벗겨진 옥상 위에서 앳된 여자가 빨랫줄에 걸린 마른 옷가지를 걷는다. 희미한 전등 아래 길을 서성이던 추레한 남자가 앳된 여자를 쳐다보더니 낙동여인숙의 반쯤 열린 갈색 대문 안으로 들어갔다. 낙동여인숙 안쪽 골목길은 동백가게로 통하는 지름길이지만 연이는 골목 입구를 지나 큰 도로를 따라 내처 발걸음을 재촉했다. 눈발이 바람에 날려 눈을 제대로 뜰 수 없다. 도로 쪽으로 튀어나온 건물을 바람막이 삼아 잠시 멈춰섰다.

맞은편 극장 간판에는 유독 환하게 불이 켜져 있다. 간판 아래 사람들이 모여 서성인다. 그 가운데에는 돈 없이 입장하려고 꼼수를 노리는 무리가 섞여 있을게다. 연이는 매표소 옆 출입구에서 검은 가죽재킷을 입고 표를 받는 사람을 본 적이 있었다. 두 달 전 순갑의 오빠가 극장 벽의 물받이를 타고 창문 안으로 들어가다가 가죽재킷에게 붙잡혔다. 순동은 극장 뒤 칙칙한 곳에서 가죽재킷의 부하에게 얻어터졌다. 멧괴새끼에게 맞은 머리가 말벌에 쏘인 것처럼 부어올랐다. 멧괴새끼는 순동이 붙인 별명이다.

버스 정류장 건물이 눈에 들어온다. 지붕과 기둥만 있고 바람벽이 없는 건물에 버스 한 대가 출발 시간을 기다린다. 막 도착한 버스에서 내린 사람들이 정류장 앞 도로로 쏟아져나온다. 길을 건너는 사람, 택시를 타는 사람, 음식점 앞을 기웃거리는 사람으로 사거리는 술렁인다. 정류장 맞은편, 빵집과 동백다방이라는 간판 아래 선 사람들 중 두 사람은 빵집으로 들어갔다. 빵집 앞에 선 자전거 한 대가 눈을 덮어쓰고 있다. 짐 싣는 곳이 넓적하고 튼튼한 화물자전거는 빵기술자의 자전거다. 연이는 눈이 얼어붙은 창에 입김을 불어 안을 들여다보았다. 진열대의 가지런한 빵 사이로 검은 작업복에 흰색 얼룩이 묻은 빵기술자의 모습이 보였다. 고모가 빵기술자 자전거 뒤에 올라타고 가는 모습을 한순간 떠올린다. '고모가 빵기술자의 자전거를 타면 빵을 실컷 먹을 수 있을 텐데….'

동백가게 앞에 자주 서 있던 노란 오토바이는 보이지 않았다. 오토바이는 동백가게 손님의 것이다. 가죽재킷이 타고 강둑길을 달리는 모습을 보았다. 동백가게 창으로 안을 들여다본다. 난로 위의 주전자에서 솟아오르는 김이 따뜻하게 느껴진다. 테이블 가에 둘러앉은 사람들이 김이 오르는 커피를 마시고 있다. 고모의 모습은 보이지 않았다. 고모의 반 친구였던 점자도 없다. 전쟁으로 집과 가족을 모두 잃고 헤매던, 눈썹 끝에 지우개만 한 점이 있는 점자는 동백가게 이층 살림집에서 부엌일을 도왔다. 언제부턴가 점자는 머리카락으로 점을 가리고 차를 날랐다. 한쪽 눈이 가려져 아예 보이지 않았지만 그 전보다 예뻐 보였다. 부유스름한 불빛 아래의 사람들. 구석진 곳의 젊은 남자와 여자, 가운데 테이블의 젊은 남자들, 그 옆으로 양복 차림의 중년 남자. 잠시 쉬었다 어딘가로 떠나려는 사람이거나 막 도착한 사람들이다. 안쪽 테이블에 중년의 남자와 마주 앉아 말을 나누고 있는 테이블의, 낯익은 얼굴의 챙 모자를 눌러쓴 청년이 옆 사람을 흘끔거려보다가 다시 대화 속으로 빠져든다. 검은 모자의 청년은 사람들을 탐색하는 것 같기도 하고 뭔가에 쫓기는 사람 같기도 하다.

소란스런 소리와 함께 사람들이 동백가게 앞으로 왔다. 그들이 가게 문을 밀고 들어가자 그 뒤를 따라 연이는 안으로 들어섰다. 커피 냄새가 노란 스웨터에 달라붙는다. 난로 주변이 왁자지껄한 틈을 타 회색 나무 문으로 갔다. 점자는 어디 있을까? 어쩌면 나무 문을 열고 나가면 있을 것이다. 이번 가을 초에 동백 건물 뒤쪽에 있는 허름한 살림집을 샀다는 소리를 점자에게 들었다. 여인숙 골목으로 통하는 살림집을 새 단장했다. 두 집을 가로막은 담에 쪽문을 달았고 기와집 부엌과 창고에 구들장을 놓아 방을 만들었다. 구석에서 잠시 머뭇거리던 연이는 회색 나무 문을 열었다. 높은 담이 가로막았다. 오른쪽으로 몇 발자국 걸어가서 페인트 냄새가 남아 있는 쪽문을 열고 기와집 마당 안으로 몸을 들이밀었다. 사나운 눈바람이 소리를 냈다. 마루 기둥에 등 하나가 희미하게 켜져 있다. 눈을 덮어쓴 마당과 화단을 마주한 방이 일자형으로 도열했다. 댓돌에 있던 신발이 눈을 피해 마루 위에 가지런하다. 연이는 방문 앞에 놓인 신발을 유심히 살펴보았다. 남자 구두, 여자 구두, 굽이 높은 구두, 낮은 구두, 단화. 점자 신발 같기도 하고 고모 신발 같기도 한 단화. 그때 갑자기 회색 쪽문이 벌컥 열렸다. 좀 전에 테이블에 마주 앉았던 남자와 챙 모자를 쓴 청년이 마당으로 들어섰다. 청년의 얼굴이 어디에선가 본 듯했다. 기억이 났다. 그렇지. 그 눈매, 바로 검은 재킷의 부하인 멧괴새끼다. 순동을 흠뻑 두들겨팬 바로 그 멧괴. 연이는 침을 꿀꺽 삼켰다.

"야, 너 누구야? 왜 여기 있어. 빨랑 나가." 그가 빠르게 말하고 방으로 향했다.

"필요한 것이 있으면 불러주세요." 멧괴는 방으로 들어가는 남자에게 말을 남기고 돌아섰다.

마당에 우두커니 서 있는 연이의 손목을 와락 끌어잡고 마당가 화단으로 끌고 갔다. 화단 턱에 한쪽 다리를 세운 자세로 연이 얼굴을 보더니 모자를 벗어 화단에 놓았다. 갑자기 손목이 조여왔다.

"아얏, 아 아파!"

갈색 대문, 문간방의 도화지만 한 미닫이창이 열린다. 늙

수그레한 여자가 얼굴을 내밀었다. 의아한 표정이 얼굴에 내비치더니 별일 아니라는 듯 곧바로 창을 닫아버린다. 멧괴의 입가에 알 수 없는 미소가 번진다. 화단 턱에 올렸던 다리를 내린 그가 별안간 연이를 안고 일어선다. 연이의 몸이 한순간에 위로 솟구친다. 느닷없이 안긴 연이의 시선이 멧괴의 눈가에 난 기다란 흉터에 고정된다. 흉터가 살아 움직인다. 한 손으로 엉덩이를 받친 그는 다른 한 손으로 재킷 주머니에서 돈을 한 움큼 꺼내 연이 손에 쥐어주었다. 얼떨결에 손 안 가득 돈을 받아쥔 연이 눈이 휘둥그레진다.

"나랑 방에서 한번 하자."

"예?"

그의 매부리코가 연이 코에 부딪는다. 연이 눈동자가 왕방울만큼 부풀어오른다. 그 순간에 반쯤 열린 갈색 대문 밖 골목에서 소란스런 소리가 났다. 그 소리가 마치 오토바이 소리처럼 들렸다. 강바람을 가르며 달리는, 노란 오토바이 뒤에 탄 고모의 모습이 스쳤다.

"고모! 고모 찾으러 왔어요." 연이는 목소리를 가다듬어 큰소리로 말했다.

"뭐?"

"우리 고모 번쩍이는 오토바이 타고 다니는데…."

"야가 지금 뭐라카노?"

"극장 기도 보는 아저씨의 노란 오토바이 뒤에 타고 다니는데 본 적 없어요? 내려줘요. 얼른요. 고모 찾아야 해요."

연이는 몸을 흔들었다.

미닫이창이 열리며 예의 그 늙수그레한 여자가 고개를 내밀었다.

"무슨 일이야. 왜 이리 시끄러워."

"아, 아무것도 아니니 관심 끄시오."

말을 더듬거리던 그는 연이의 손에서 돈을 빼앗고 바닥에 내려놓았다.

"빨랑 꺼져."

연이는 흉터가 꿈틀거리는 것을 다시 보았다. 벌레가 얼굴로 화들짝 옮겨붙는 것 같았다. 반쯤 열린 대문을 밀치고 달려나갔다. 칙칙한 여인숙 간판이 즐비한 골목길을 무작정 달렸다. 길은 눈으로 덮여 미끄러웠다. 균형을 잃은 몸이 넘어졌다. 차가운 담장을 짚으며 일어나 다시 달렸다. 골목 첫 집 낙동여인숙 간판이 보였다.

넓은 도로는 상가 불빛으로 환했다. 불빛 속에 날리는 눈보라가 한여름 밤 가로등 불에 꼬이는 날벌레처럼 어지럽다. 발이 시리다. 고모가 사준 새 운동화 한 짝이 어느새 손에 들려 있었다. 반쯤 걸린 양말이 얼어 뻣뻣하다. 한쪽 발에 걸려 있던 언 양말을 당겨 신고 운동화에 발을 끼워넣었다. 고모가 사준 나이롱 스웨터 위로 눈이 내려앉았다.

"연이야."

누군가 부르는 소리에 뒤돌아본다. 아무도 없다. 텅 빈 거리로 눈보라가 소리를 지른다. 며칠 전 고모를 찾지 못하고 밤길을 걷고 있었는데 고모가 불러세웠다. 너 배고프지? 숨을 가쁘게 몰아쉬었다. 근데 고몬 어디 있었어? 어… 몸이 좀 아파서…. 이젠 점자한테 가지 마. 차도 나르지 마. 고모는 대답 대신 들고 있던 종이봉지를 손에 쥐어주었다. 집에 가서 먹어. 내 것은 안 남겨도 돼. 고몬 안 먹었지? 대답이 없었다. 근데 이거 어디서 났어? 빵 봉지를 열며 말했다. 빵가게 아저씨가 준 거야? 고모가 빵기술자 자전거에 탔으면 좋겠어. 오토바이는 타지 마. 고모는 잠시 머뭇거렸다. 하지만 안 돼. 왜 안 돼? 연이야, 너는 극장 입구에서 표를 받는 기도 본 적 없지? 그 사람은 체격도 크지만 읍내에서 힘이 제일 세단다. 그 기도가 가끔 염색가게에 와. 그래서 염색가게에는 못된 사람은 얼씬도 못해. 그 전에는 못된 사람들이 염색하는 솥 안에 찬 물을 부어버리거나 뜨거운 솥에서 옷을 꺼내 바닥에 내팽개쳤어. 점자가 있는 동백가게에서도 행패를 부렸어. 의자를 던지고 테이블에 올라가서 부수고 난리도 그런 난리가 없었어. 한동안 손님이 없었어. 동백가게가 안전해야 점자가 따뜻하게 잠잘 수 있고 밥도 먹을 수 있어. 염색가게가 온전해야 내가 월급을 받을 수 있듯이 말이야. 이번에 월급을 올려준댔어. 그러면 땔감을 넉넉히 구할 수 있어. 고모의 진지한 말에도 불구하고 마음이 언짢았다. 고모가 연이의 단발머리를 만지며 말했다. 새언니는 따뜻한 방에서 지내면 곧 회복될 거야. 우리 조금만 기다려보자. 조금만…. 고모는 일거리가 밀렸다며 왔던 길을 되돌아갔었다. 어쩌면 고모는 염색가게에서 늦도록 일을 하느라 늦을지도 모른다.

"아니야. 벌써 집에 와 있을 거야."

바람에 날리는 눈발이 얼굴을 때렸다. 언 발엔 감각이 없다. 연이는 부엌 구석에 땔감이 가득 들어찬 모습을 그려보았다. 마음이 잠시 따스해지는 것 같았다. 낮에 소나무 껍질로 군불을 괄게 지폈다. 양은솥에서 김이 천정까지 올랐다. 지금쯤 컴컴한 동굴 같은 곳에서 울려나오던 기침은 훈훈한 공기에 잦아들었겠지.

눈이 하얗게 내려앉은 마당에 들어섰다. 여느 날과 다르다. 문종이를 바른 방문에 불빛이 비치지 않았다. 캄캄한 방으로 들어선 연이는 천정 한가운데 매달린 전등을 켜기 위해 발을 더듬어 옮겼다. 발 바닥에 서늘한 감촉이 느껴졌다. 머리끝이 쭈뼛하다. 소켓의 스위치를 돌리자 불이 환하게 방을 밝혔다. 하얀 요가 붉게 젖었다. 미동이 없는 어머니. 숨소리가 나지 않은 어머니 곁에서 연이는 멍하게 서 있었다.

* 김봉학 작사 작곡 〈바람 부는 날〉에서. "바람 부는 날 편지를 써서 풍선에 실어 날려볼까/ 바다 건너 먼 나라 친구가 받아볼까/ 우리는 꿈이 같은"

쎄이 굿바이

쎄이 굿바이

영업시간에 걸려온 남편의 전화는 의외다. 집을 나가겠다는 소리를 듣는 순간 그 여자 집에 가리라는 예감이 들었다. 창구 앞에 중절모를 쓴 고객의 시선이 통화를 하는 여직원에게로 쏟아진다. 여직원의 표정에 따라 중절모의 미간이 펴졌다 좁아졌다 반복한다.

*

버스 승강장 지붕을 때리는 빗소리가 요란하다. 택시 승강장에 멈춰선 택시를 타고 네 블록 거리의 집으로 달려가 지금쯤 짐을 싸는 남편의 손을 멈추게 하고 싶다. 굵은 빗방울이 스타킹 속으로 파고들었다. 우산을 낮추어 들고 40미터 거리의 택시 승강장으로 향하는데 몸이 앞으로 떠밀렸다. 바람이었다. 우산이 젖혀지고 부러진 살이 천을 뚫었다. 다친 새 같은 우산을 들고 걸으며 한 문장에 시달린다.

'공평하지 않아.'

아침에 옷장을 뒤적이던 남편이 톤을 높였다. "차콜그레이 바지 안 다렸어? 민트색 와이셔츠도 없네. 정신을 어디다 두는 거지." 생선조림을 접시에 옮기다 말고 남편을 쳐다보았다. '다림질 정도는 남자도 할 수 있잖아.' 말을 삼켰다.

다용도실 빨래걸이에서 걷어낸 민트색 셔츠를 방바닥에 놓았다. 다리미 코드를 전원에 연결하고 옷장 옆에 세워둔 다리미판을 꺼내 다리를 폈다. "진작 해놔야지!" '여자 일 남자 일 따로 있나?' "나도 일찍 가야 돼. 이럴 땐 좀…." "뭘? 한 번도 해본 적 없는 걸 하라고!" 남편이 던진 차콜그레이 바지 가랑이가 채희의 눈을 차고 방바닥에 널브러졌다. "직장 여성은 다 그런 거야. 관둬. 도심을 빠져나가는 데 걸리는 시간이 인근 도시 가는 것보다 더 걸려."

K은행 본사에 근무하던 남편이 좌천된 게 2년이 조금 못 된다. 남편과 채희가 동시에 발령날 것이라는 소문이 사내에 무성했으나 예상은 빗나갔다. 채희는 그대로 남았고, 남편은 도시의 동쪽 지점으로 옮겼다. 그나마 잘리지 않은 것은 우수고객을 유치했기 때문이라는…. 무수한 뒷말이 나돌았다. 남편이 비즈니스 예복인 140수 차콜그레이 슈트 대신 부드러움이 한 단계 낮은 120수 검정 슈트에 흰 와이셔츠를 입고 현관문을 거칠게 밀쳤다. 수요일에 외국에서 오는 주요 고객과 미팅이 있어. 차콜그레이 슈트와 민트색 와이셔츠를 손질해놔. 놓쳐선 안 되는 거물이야. 4일 전 늦은 밤에 귀가한 남편이 채희를 깨우며 다짐을 주었었다. 이틀 전부터 감사 준비와 밀려오는 고객으로 채희는 지쳐 있었

다. 퇴근 후 초죽음이 되었다. 남편이 새벽녘에 들어오는 것도 알지 못했다. 해가 떠오르기 전에 일어나 조림을 하고 찰기장과 수수가 섞인 밥을 짓고, 국을 전자레인지에 덥히는 동안에도 다림질거리는 떠오르지 않았다.

"밥 다 차렸어."

집밥을 먹지 않으면 종일 집중이 안 된다고 말한 그였다.

차가 빗물을 튕기며 지나갔다. 머리카락에 맺힌 빗방울이 눈으로 흘러들었다. 시야가 흐릿하다.

스타킹을 신은 채 거실에 들어섰다. 실내는 이사를 간 듯 어수선하다. 집안 곳곳을 둘러봐도 편지나 메모는 보이지 않았다. 텅 빈 옷장에 남편의 잔향이 어른거렸다. 적금 업무를 진행하는 도중에 받은 수화기 속 남편의 음성은 가라앉아 있었다. 직감으로 거물 고객을 놓쳤다는 사실을 알았다.

비에 젖은 옷가지와 화장이 묻은 티슈가 방바닥에 흩어져 있다. 벽에 걸린 초상화가 눈에 들어왔다. 머리카락을 길게 늘어뜨린 채희가 웃고 있다. 그 아래에 양복과 남방, 넥타이, 티셔츠, 가랑이가 긴 바지와 짧은 바지가 널브러졌다. 디자인이나 색깔이 자기 취향이 아니라거나 싫증이 나서 입지 않은 옷들이다. 남편이 남긴 허물은 또 있다. 세탁물통에 있는 남성용 사각 팬티, 러닝셔츠, 체육복. 욕실 거울 앞에 있는 손톱 길이만큼 남은 남성용 화장품. 스킨, 세럼, 오래된 셰이빙폼, 날이 무디어진 면도기들. 두 해 동안 함께한 남편이 남긴 허물. 모두 버려질 위기에 처한 물건이다. 고요가 빗살 속의 먼지처럼 부유한다. 혼자 아침을 맞는 사실이 현실이 아닌 듯하다. 살을 부비던 일이 먼 일 같다.

흩어져 있는 허물들을 모아 종이 박스에 담았다. 박스 뚜껑을 마무리해 닫고 비닐 끈으로 묶었다. 빨간 끈을 끌어당겨 현관 밖 복도에 내놓았다. 어둑한 불빛. 십 자로 묶인 상자 속의 허물들이 빨간 끈을 통해 항의를 한다. 왜 버리는지? 2년 전 버려진 진우의 모습과 다르지 않다. 막 켠 화면처럼 진우가 한 말이 다가온다. '왜 버려져야 하는데?' 버리는 자는 긴 말이 필요치 않다는 것을. 채희는 이제 알 것 같다.

*

"한심한 사람들이라니. 쓰레기통을 곁에 두고 팔을 뻗어 넣을 줄도 모른다니까. 나 참."

아침 교대를 마친 아파트 관리원이 유아원 옆 벤치에 있는 살이 부러진 우산을 거두며 투덜거렸다. 아파트 내 조경이 잘된 나무 사이를 지난 채희는 빠르게 정문 쪽으로 발걸음을 옮겼다. '보금자리 아파트' 글씨가 새겨진 정문 돌기둥. 어제 저녁 검은 승용차가 주차해 있던 곳은 텅 비어 있다. 남편은 휴가를 끝낸 사람처럼, 지루한 휴가인 듯 홀가분하게, 다시 오고 싶지 않은 사람처럼, 뒤돌아보지 않고 떠났다. 프렌치코트를 걸친 남편이 캐리어와 함께 검은 승용차 안으로 모습을 감추는 것을 채희는 보았다. 운전대를 잡은 여자에게 보내는 남편의 미소를. '미소라니!' 그 순간을 기다렸다는 듯 승리(?)의 미소를…. 비상등을 깜박이며 빗속으로 꽁무니를 감춘 거리에 시선을 붙박은 채희는 얼굴로 흘러내리는 빗물을 삼켰다.

흐릿한 회색으로 둘러싸인 정문 돌기둥은 젖어 있다. 보금자리 아파트에서 두 해를 보내는 동안 알 수 없는 불안한 그림자가 늘 주변을 서성이었다. 남편도 채희와 같은 느낌이었을지도 모른다. 채희가 그 말을 한 이후부터다. 진우는 집안일을 곧잘 했어. 세탁도 하고 식탁은 손수 차렸어. 채희는 실언을 직감했다. 하지 말아야 하는 말 뒤에 따르는 낭패감으로 분위기가 금방 싸늘해졌다. 직장 여성은… 도대체… 돈 버는 유세나 할 줄 알지. 남편이 먼저 속을 건드리는 말을 하지 않았다면 채희도 진우에 관한 말을 꺼내지 않았을 것이다. 사실 진우는 가사를 도울 시간을 낼 수 없었다. 진우는 늘 집에 있지 않았다. 근무지가 멀었다.

보금자리 아파트에 사는 동안 가사에 도움을 준 사람은 그 여자였다. 연초록 바탕에 진한 초록 이파리, 원색에 가까운 빨갛고 노란 꽃무늬가 돋보이는 라운드 스판 옷을 착용한 여자. 보금자리에 둥지를 튼 지 1년이 지난 날이었다. 꽃무늬 여자를 처음 본 순간 '촌시'라는 말이 어울린다는 생각을 했다. 촌시의 목소리 톤은 낮았다. 나직하게 말하는 습관이 몸에 배어 있었다. 손이 예쁘네요. 차 한 잔이면 충분해요. 채희와 마주앉은 촌시는 찻잔을 들고 한 모금 삼킨 후 말했다. 미안해요. 곧 갈게요. 이거 주려고 왔어요. 촌시는 처음 보는 열매를 내밀었다. 검은콩처럼 까만 열매가 포도송이처럼 매달렸다. 귀한 열매예요. 냉동고에 보관했다가 요구르트에 넣어 갈아드세요. 번거로우면 밥을 지을 때 한 움큼씩 넣으면 보라색 밥이 돼요. 업무에 시달리거나 머리를 많이 쓰는 사람에게 좋아요. 촌시가 두 번째 방문했을 때에도 손이 예쁘다는 말을 했다. 이 말은 남편이 처음 만났을 때 채희에게 했던 말이다.

그가 하얗고 작고 통통한 채희의 손을 잡고 예쁘다고 했을 때 채희는 기분이 좋았었다. 우유에 손을 담그거나, 빛에 의해 오일의 색깔이 붉게 변하는 천연 유래 오일을 영양 크림과 섞어 손등에 고루 펴 바르는 일은 하루도 거르지 않았다. 그건 진우가 채희에게 하얀 손이 예쁘네요, 말하기 이전부터 해오던 여행원으로서 오래된 습관이었다. 손이 예쁘네요. 섹시해요. 촌시는 그 말을 수시로 했다. 그 말이 왠지 비웃음처럼 들렸던 날이었다. 늦은 밤에 침대에서 몸을 일으킨 채희가 남편에게 말했다. 여자가 자주 온다. 꼭 부담스러워 그러는 것은 아, 아니라고…. 채희는 버벅거렸다. 아아무리 어릴 때 가까이 지낸 친척이라도 남의 집에 예고 없이 방문하는 건 실 실례가 아니냐. 남편이 침대에서 일어나 앉더니 곧바로 춘시와 통화했다. 여기 오지 마. 이쪽의 사생활을 지켜주어야지. 짐짓 큰소리를 내는 남편, 모습이 애틋하다 못해 달콤하게 느껴졌다.

귀에서 삐! 삐! 삐! 소리가 들린 건 그날 이후다. 처음엔 속귀에서 나는 줄 알았다. 집안 곳곳에서 났다. 소리가 야릇하게 들렸다. 이상한 소리 못 들었어? 심장을 긁는 소리야! 남편이 의아한 눈으로 쳐다봤다. 요즘 예민해졌어. 짓궂은 고객에게 시달려서 그럴 거야. 채희는 소리의 진원지를 찾아 돌아다녔다. 거실, 서재, 안방, 옷장, 욕실, 거울 앞의 남성용 화장품, 심지어 냉장고 안에서도 삐! 삐! 삐! 소리가 났다. 춘시가 맛깔나게 만들어온 반찬이나 제철 생선을 냉장고에 쟁여넣었다. 채희가 만든 음식은 입안이 간지러워 삼킬 수 없다고 남편이 말한 후부터다. 그 여자가 만든 음식은 전업주부의 노하우로 만든 깊은 맛이 배어났다. 냉장고 안에서 들려오는 삐~ 삐~ 삐~ 고음의 소리를 듣고 채희는 냉장고 문을 닫았다.

'보금자리 아파트' 검은 색 오목새김의 정문 기둥. 비에 젖은 돌기둥이 초라해보였다. 묘지에 세워진 비석처럼 처연했다. 채희는 발을 옮겼다.

*

고객이 붐비는 시간이었다. 며칠 동안 진전 없이 이삿짐을 싸는 것을 두고 인미가 수화기 속에서 한마디 했다.

"이사 안 할 거야?"

시간이 나는 대로 천천히 포장하겠다고 하니 그러다 일 년 내내 짐 싸겠다며 보기보다 답답하다고 했다. 퇴근 후 같이 짐 싸, 언니. 일방적으로 전화를 끊었다. 인미가 전에 했던 말이 떠올랐다. 아무래도 촌시, 그 여자 행동이 지나쳐. 사촌이 아닌 것 같아. 얘는 말이 되는 소리를 해라. 남편과 동갑내기 사촌이니 그럴 수도 있지. 한동네서 오랫동안 지켜봤다면 이종사촌끼리 서로 편하잖아. 아니야, 아무래도 이상해. 잘 생각해봐, 언니. 아, 됐어. 그만해. 채희는 인미의 말을 가로막았다.

창구 맞은편 긴 의자에서 여자아이가 칭얼댔다. 35도를 오르내리는 더위를 피해 오는, 눈가에 자잘한 주름이 가득한 중절모가 아이를 달랜다. 아이가 끝내 울음을 터뜨렸다. 중절모가 아이의 손을 잡고 밖으로 나가려고 했다. 고객을 돕는 남자 안내원이 아이에게 사탕을 건네자 아이는 금세 울음을 그쳤다. 채희는 불현듯 한참 동안 만나지 못한 딸아이 모습이 떠올랐다.

진우의 여자와 어떻게 지내는지…. 그녀는 딸아이를 잘 보살피고 다독일 것이다. 수년 전 채희는 여느 맞벌이부부처럼 육아의 어려움을 겪었지만, 여러 사람의 도움으로 근근이 해나갔다. 처음엔 가사도우미, 다음은 진우의 아버지, 그 다음은 인미. 인미는 학원에서 아이들을 상대로 피아노 레슨을 하던 사람답게 아이의 마음을 잘 읽었다. 간식거리는 때맞추어 챙겨주었다. 계란에 알록달록한 야채와 햄을 넣어 만든 샌드위치는 고소했다. 딸아이가 잘 먹었다. 아침에는 식빵을 바싹 구워 크루통 스프나 크루통 샐러드를 만들었다. 채희는 버스로 일곱 블록 떨어진 곳에 근무했다. 진우의 근무지는 수천수만 킬로나 떨어진 것같이 멀게 느껴졌다. 숲이 우거져 곰이라도 나올 것 같은 내륙. 기차에 내려 시외버스로 옮겨 타고 도착한 산골은 버스가 하루에 한번밖에 다니지 않았다. 너댓 명의 아이와 머리를 맞대고 이야기를 하거나 계곡 물에서 고기를 잡다가 헤엄을 쳤다. 진우는 주말 밤 늦게 잠든 아이를 보고 다음날 아침 일찍 집을 나섰다.

*

인미가 밤마다 풍뎅이처럼 작은 차에 이삿짐을 실어날랐다. 벌써 네 번째다. LED 불빛 아래의 인미. 수년 전 하얀 피부 수수한 모습 그대로다. 짧은 기간 동안 결혼 그리고 이혼의 아픔을 겪었다는 사실이 믿기지 않았다. 인미가 운영하는 피아노학원은 도시의 북쪽 끝, 새로 조성된 아파트 단지 가운데에 있어 목이 좋았다. 학원과 스리룸은 걸어서 갈

수 있는 가까운 거리다. 옷장과 이불장, 인덕션을 비롯한 전자제품이 일체 딸린 다세대주택의 거실에서 이런저런 얘기를 나누다가 인미가 제안했다. 이사해 언니! 곧 인사이동이 있다며? 근처에 K은행 북부지점이 있어. 방 두 개와 거실이 있는 스리룸이 적적해. 혼자된 지 얼마 안 되어서 그런가봐. 싱글 생활이 익숙할 때까지 함께 지내. 월세 부담도 덜 수 있어. 한 달에 만 원만 내. 아니 너무 싸. 이만 원 낼게. 둘은 깔깔거렸다. 버릴 게 너무 많아. 채희가 말했고 가져와도 놓을 곳이 없잖아. 인미가 답했다.

진우의 아버지는 하찮은 물건이라도 버리지 못했다. 일회용 기저귀는 한번 쓰고 버리는 게 아까워 사용할 수 없다고 했다. 느닷없이 현관에 들어서는 가사도우미를 돌려보냈던 날이었다. 내 강아지 내가 볼 테니 다른 일이나 찾아보게나. 뭐 할 일이 없어서 젊은 게…. 퇴근을 한 채희는 난장판이 된 집안과 꾀죄죄한 아이와 밀린 세탁거리를 보고 입을 다물지 못했다. 그의 고집은 진우조차 감당하지 못했다. 다신 오지 않겠다고 거절하는 도우미를 겨우 설득했는데, 현관에 들어서는 도우미를 다시 돌려보낸 날이었다.

집안은 냄새로 가득했다. 아이 엉덩이에 배설물이 그대로 굳어 있었다. 때마침 진우가 귀가해 이를 보았다. 도우미를 돌려보낸 사실을 알게 된 진우는 아버지에게 부탁도 하고 애걸도 했다. 하지만 그는 마흔 후반에 얻은 아들의 말도 듣지 않았다. 함부로 돈을 낭비할 필요가 뭐 있느냐? 일은 내가 다 하는데…. 결국 진우는 속수무책, 이렇다 할 해결책을 내놓지 못했다.

진우는 아버지가 자신의 주장만을 고집하는 게 할아버지 탓이라 여겨졌다. 아버지가 어린 시절, 어렵게 얻은 책을 보고 있으면, 할아버지가 공부를 해선 뭘 하냐며 책을 빼앗아 아궁이에 넣었다. 몰래 숨어서 익힌 탓에 글을 줄줄 읽게 되었을 무렵이었다. 할아버지는 폭격으로 집과 함께 사라져 흔적도 찾을 수 없었다. 포탄은 집이 있던 자리에 커다란 구덩이를 만들어놓았다. 구덩이에 물이 고여 못으로 변한 동네에서 진우의 아버지는 유년을 보냈다. 기댈 데 없이 굶기를 밥 먹듯했다.

채희는 지나치게 아끼는 태도가 뼛속까지 배어 있는 진우의 아버지를 설득할 방법도, 타개할 방도도 찾지 못하고 아슬아슬하게 하루하루를 이어갔다. 너는 옷 차려입고 가면서 나만 애먹으란 말이지! 출근하는 채희 손을 잡고 매달렸다. 그런 일은 참을 만했다. 견디기 어려운 건 별안간 집을 나가는 것이었다. 가방을 꾸려 현관을 나설 때마다 아이는 어쩌고요? 뒤따라가며 애원하는 채희를 끝내 뿌리쳤다. 멀어져가는 뒷모습을 황망히 바라보았다.

결혼 생활도 직장도 멈추고 싶었다. 하지만 웃음소리 한 번 들어본 적이 없는 아이 때문에, 집을 얻기 위해 낸 부채

때문에, 그만둘 수 없었다. 이 모습을 목격한 인미는 자신이 아기를 돌봐주겠다고 했다.

인미가 집에 와 있는 동안 진우의 아버지는 집을 나가지 않았다. 포탄이 떨어져 못이 된 고향 마을을 순례하지도 않았다. 하루나 이틀 지나 아무 일 없었다는 듯 귀가하던 버릇도 사라졌다. 아이 분유를 몰래 먹는 거 봤다며 인미와 다투더니 결국 인미를 내보냈다.

아이에 대한 진우 아버지의 집착은 남달랐다. 밤에도 아이를 품고 잤다. 병추야! 어느 날 밤 작은 방에서 들리는 소리를 듣고 채희는 잠을 깼다. 우는 아이를 업고 달래다 잠들었다 싶어 눕히면 울고, 다시 업고 잠들었다 싶어 눕히면 울고. 같은 행동을 반복한 모양이었다. 채희가 우는 아이를 안으려 하자 아이를 넘겨주지 않았다. 채희는 아이를 품에 안고 배와 엉덩이를 어루만지면 금방 울음을 멈출 것 같았다. 끝내 아이를 가운데 두고 서로 잡아당기고 있는 상황이 되었다. 아이의 울음이 자지러졌다. 채희는 아이 손을 놓았다. 마치 책의 어느 한 장면을 떠올리게 했다.

진우가 오랜만에 집에 왔지만 머무는 시간은 짧았다. 토요일 오후에 늦게 와서 일요일 정오가 되면 집을 나갔다. 그즈음은 형편이 나아진 것이었다. 전에는 일요일 이른 아침에 눈만 비비고 집을 나서야 했다. 기차와 시외버스와 배를 번갈아 탔다. 배가 버스를 태우고 계곡 물을 건넌 후 버스는

굽이굽이 산길을 돌았다. 산 아래 골짜기에 근무지가 있었다. 비가 조금만 와도 계곡 물이 불어나 버스가 다닐 수 없던 곳이었다. 장마가 져 물이 불어났을 땐 몇 달이 지나도 집에 오지 못했다. 훗날 구불구불한 계곡 물 위에 많은 다리를 건설했다.

불쑥 진우가 그리워질 때가 있었다. 카페에 마주앉아 커피를 마시고 싶기도 했다. 궂은일로 울기도 하고 좋은 일로 웃기도 하고, 서로 부대끼며 살고 싶었다. 그때마다 곁엔 진우의 잔영만 고였다. 만날 수 없는 시간이 길어지자 갈증의 샘은 깊어졌다. 직장 업무가 고될 때나 주차장에서 동료 여직원의 남편이 아내를 차에 태우고 가는 모습을 보면, 채희는 부러웠다. 채희는 건강하고 자상한 남자의 손길이 그리웠다.

만곡점. 변환의 시작은 한순간이었다. 채희가 본사에 근무한 지 2년쯤 되었을 무렵이었다. 인사기록부에 부착된 사진을 보는 순간, 소중한 보물인 듯, 그 보물을 지키고 싶은 심정이었다고 그가 털어놓았다. 채희가 구내식당에서 식사를 하거나 휴식 공간에서 커피를 마시다보면 어느 순간 그가 곁에 와 있었다. 훤칠한 외모와 눈이 그윽한 그가 싫지 않았다. 비가 내리던 날 우산 없이 빗속을 걷는데 느닷없이 나타나 우산을 받쳐주었고 친목 도모 체육 행사가 있던 날, 채희에게 음식과 음료를 챙겨주었다.

그는 인성이나 업무능력이 뛰어나 사내에서도 유능한 인

재라고 알려졌다. 남들보다 승진이 빨랐다. 눈에는 열정이 가득했다. 어느 날 카페에서 그와 차를 마셨다. 어느 주말에는 인도 전통 레스토랑에서 카레에 난을 찍어 먹었다. 이탈리아 전통 레스토랑에서 칠레산 백포도주를 곁들여 식사를 한 날 그는 처음으로 채희를 안았다. 그는 자신의 사랑을 확신했다. 채희가 곁에 있는 게 꿈 같다고 했다. 꿈은 아니지? 그리곤 함박웃음을 지었다.

진우 아버지의 직감은 뛰어났다. 그와 채희의 관계를 알아차렸다. 두 남녀의 귀가를 목격하고 단호하게 말했다. 내 짐작이 맞았어. 며느리로 여길 수 없지. 채희의 머리채를 낚아채고 악을 썼다. 손아귀에서 벗어난 채희는 머리카락을 한 움큼 쥐고 울음을 삭였다. 진우는 충격에서 벗어나지 못했다. 작은 방에서 삼 일 동안 꼼짝하지 않았다. 잠긴 방문에서는 숨소리조차 새어나오지 않았다. 집안에 위태한 침묵이 나흘째 계속되던 날 초췌한 모습을 드러낸 진우가 떨리는 소리로 말했다.

"모든 일을 없던 걸로 하고 덮겠으니 딸아이를 봐서라도 다시 시작하자."

가라앉은 말에는 진심이 담겨 있었다. 채희는 당황했다. 진우의 말이 의외였다. 일순 몸서리쳤다. 평생 꼬투리 잡혀 보이지 않은 억압 속에서 죄인처럼 살고 있는 자신의 미래가 눈앞에 그려졌다. "자신을 함부로 방치할 수 없어!" 채희는 안방 붙박이장 앞에서 분홍 캐리어에 자신의 옷가지를 챙겼다. 진우와 관계 회복이 쉽지 않을 뿐더러 웃는 모습을 본 적 없는 딸을 더 이상 지켜볼 자신이 없었다. 진우의 아버지와 한집에서 기거하는 것도 넌더리가 났다.

결혼 전 채희는 아버지와 살았다. 일찍 혼자된 아버지는 채희의 결혼을 지켜보지 못하고 지병이 악화되어 저세상으로 갔다. 채희는 아버지를 여읜 지 3개월 만에 결혼했다. 한집에 기거하자는 진우 아버지의 제안을 별 생각없이 받아들였다. 채희는 캐리어를 끌고 방을 나왔다. 나쁜녀언! 뒤따라나온 진우는 주먹을 들어올렸다. 건드리지 마! 내 몸에 손대면 가만 안…. 진우가 팔을 부르르 떨었다. 채희는 현관문을 열었다. 등 뒤에서 장식장 유리가 산산조각나는 소리가 났다.

보금자리 아파트 보증금이 입금되어 대출금을 정리했다. 수년 전 진우는 채희와 헤어진 후에도 분명하게 자신의 마음을 정리하지 못했다. 채희가 새 살림을 차릴 아파트를 얻은 사실을 안 후 주변을 확실히 정리했다. 벽지 점수를 따기 위해 교통이 열악한 산골 오지로 전전하던 생활을 청산했다. 승진을 포기하고 소도시로 옮겼다. 진우 아버지가 유년 시절을 보낸 탄지彈池가 있는 마을에서 가까운 도시로 전근했다. 그 후 채희는 아이를 이따금 만났다. 진우의 아버지는 떠들썩하게 풍문을 일으킨 채희와 딸아이의 만남을 달가워하지 않았다. 그러면서도 언제나 먼저 연락을 해왔다. 채희는 평소 아이를 품고 잠든 기억이 없는데다 모유 수유를 한 적이 없어서인지 못 견딜 만큼 딸아이를 그리워하진 않았다. 셋이 공원 벤치에 나란히 앉았다. 어린애가 무슨 잘못이 있니? 진우의 아버지는 딸애의 어깨를 감싸며, 새 엄마가 생겼다고 했다.

채희를 찾아온 진우는 대기 번호표도 받지 않은 채 하얀 사각 봉투를 창구에 내밀었다. 청첩장이었다. 가까운 친척과 친구 몇을 초대해서 식을 올린다고 했다. 채희는 청첩장을 들여다보면서, 진우가 축하인사를 받고 싶어한다는 것을 알았다. '결혼을 진심으로 빌…' 뒷좌석 멀지 않은 곳에 부장이 보고 있는 것이 아니라서, 대기 고객이 있는 것도 아니라서, 여유 있고 밝으며 또렷한 목소리로 말하고 싶었으나 목에서 소리가 새나오지 않았다. 진우는 미소를 지으며 '진심으로?' 소리 없이 물었다. 진우의 시선을 피하여 딸을 바라보았다. 깨금발을 들고 채희를 바라보는 딸. 진우에게 해야 할 말을 주절거렸다. "새 가족과 잘 살길 바라." 채희는 대기 번호 버튼을 연거푸 눌렀다.

"딩동, 딩동, 딩동…."

*

도시의 동쪽 끝. K은행 동부지점의 셔터는 내려져 있다. 남편은 퇴근하고 없었다. 채희는 은행 옆 골목 안으로 접어

들었다. 아담한 카페. 신혼 초에 남편과 왔던 곳이다. 문 앞에서 발을 멈추었다. 유리창으로 남편과 여자와 남자아이의 모습을 보았다. 여자와 남편 사이에 앉은 아이가 밝은 불빛 아래서 눈에 익은 파란 돛단배가 그려진 남방을 입고 재잘거린다. 채희가 남편에게 사준 옷이었다. 지난 여름 남편이 휴양지에서 환호하며 입었던 천연 섬유 레이온 소재는 밝았다. 외국 음식점에서 낯선 열매의 디저트를 먹다가 즙이 옷에 묻었다. 보라색 얼룩은 세탁 후에도 지워지지 않았다. 안타까워하며 옷장 서랍에 두었었다. 그 옷을…. 여자가 재단해서 아이 옷을 만들어 입힌 것이다.

아이의 포크 끝에 달린 빵조각(오븐에 구워 저녁 식사 대용으로 먹던 버터브레드. 남편이 나이프로 잘랐었다)을 그가 덥석 물어 꿀꺽 삼켰다. 아이의 뺨에 스킨십을 한다. 남자아이가 아파트를 방문했을 때, 인터폰에 대고 말했었다. 예쁜 이모! 보고 싶었어요. 소파에 앉으며 여자가 말했다. 혼자 자라다보니 사람을 그리워해요. 보고 싶어하는 게 지나쳐요. 병인가봐요. 예쁜 이모 집에 가자고 하면 거짓말처럼 울음을 그쳐요. 미안해요. 5분만 있다 갈게요. 삐~ 삐~ 삐~ 채희는 고음의 소리를 다시 들었다.

K은행 동부지점 앞에서도 들었었다. 촌시가 출장갔다가 곧바로 출근한 남편에게 날이 서게 다림질한 여분의 바지와 와이셔츠를 K은행 동부지점으로 가져다주곤 했다. 남편

의 바지 허리 사이즈를 아는 여자는 똑같은 상품의 바지를 하나 더 구입해서 번갈아 줄을 세워 날랐다. 출장이 잦으니 1년만 떠나 있자고 제의한 것도 그 무렵이었다. 그리곤 그냥 해본 소리라며 남편은 곧바로 말을 거두었을 때, 채희는 알고 있었다. 출장을 핑계로 여자 집에서 밤을 새우고 온다는 것을. 출장 다녀온 후에는 언제나 속옷이 깨끗했다.

채희는 카페 문을 열고 안으로 들어갔다. 사내아이와 채희의 눈이 마주쳤다. 실내 한가운데쯤 들어갔던 채희는 되돌아서 나왔다.

"작은엄마!"

아이가 카페 문을 열고 나와 부르는 소리가 들린다. 채희는 왔던 골목길을 내처 달렸다. 어깨에 멘 크로스백이 흔들려 배를 때렸다. 종이가방의 손잡이가 찢어졌다. 종이가방을 안고 큰길로 달려나왔다.

"쉬워어! 너무 쉬워어…."

비 맞은 고양이처럼 소리를 냈다. 지나가던 길고양이가 걸음을 멈추고 채희를 쳐다봤다. 카페 안에서 아이와 눈이 마주쳤던 순간! 딸아이의 커다란 눈을 보았다. 남자아이를 안아주고 업어주고 재웠었다. 어느 날 여자에게 자는 아이를 깨우지 말고 나중에 데리러 오라고 했다. 잠든 모습을 핸드폰에 담았었다. 등을 구부리고 모로 자는 모습이 딸아이와 똑같았다. '가라, 가아. 그 생활력이 넘치는 여자 치마꼬리 잡고 지옥에라도 따라가라.' "버리는 거야. 한번이 어렵지. 두 번째는 쉬워. 너무 쉬워!" 외쳤다. 고양이가 부리나케 달아났다.

남편은 느긋한 출퇴근 시간을 누릴 것이다. 그의 단순한 일상이, 자신이 가정에서 웃을 수 있는 행복(?)이 알록달록한 꽃무늬 옷을 입고 잃어버린 자신의 남자를 찾기 위해, 아이에게 아빠를 찾아주기 위해, 촌시가 벌인 염원이었다는 것을 알까? 그가 알기나 할까? 채희는 너덜너덜한 종이가방에서 초상화를 꺼냈다. 긴 머리카락을 목 아래로 늘어뜨렸다. 갸름한 얼굴에 두 눈의 크기가 다르다. 짝짝이 눈. 왼쪽 눈은 눈동자가 선명한 반면 쌍꺼풀이 없는 오른편 눈은 작고 가늘다. 그는 예견했을까? 그림을 그리는 순간에… 결국 촌시에게 돌아가리라는 것을. 어쩜 인사기록부에 부착된 사진을 떠올리며 데생을 하는 순간, 이미 그리 판단했을지도 모른다. 초상화를 눈높이에 들고 자세히 본다. 세상물정 잘 알고 있다는 듯, 웃고 있는 얼굴이 말을 건다. '공평해.' 채희가 크로스백에서 립스틱을 꺼냈다.

Goodbye, goodbye! 유리에 빨간 색으로 휘갈겨진 글씨. 채희는 K은행 동부지점 닫힌 셔터 아래로 긴 머리 여자를 꾸역꾸역 밀어넣는다.

*

집안을 한번 둘러보았다. 휑뎅그렁하다. 캐리어를 끌고 현관을 나왔다. 아파트 건물 입구에서 우산을 펼쳐 들었다. 추적추적 을씨년스럽게 비가 내린다. 보금자리 아파트 정문 앞으로 차들이 연이어 지나간다. 빨간 풍뎅이 차는 오지 않았다. 약속 시간이 지났다. 인미에게 전화를 했다. 고객이 전화를 받지 않아 음성사서함으로 연결된다는 멘트만 날아왔다. 무음으로 전환되어서 전화를 받지 못하거나 비가 와서 차가 밀릴지도 모른다. 무슨 큰일이 생긴 건 아닐 것이다. 채희는 목을 길게 빼고 차도를 보았다. 차 소리가 요란하더니 녹슨 트럭이 빠르게 지나갔다. 번들거리는 도로 바닥에 고인 물이 채희 앞으로 날아들었다. 캐리어가 빗물을 뒤집어썼다.

어깨에 멘 보라색 가방 속에서 "카톡, 카톡…" 소리가 연거푸 났다. 문자가 전송되는 소리를 계속 들었다. 어제 금요일, 자정이 임박해서야 발표한 인사이동 정보를 동료가 보낸 것일게다. 축하인지 혹은 위로인지 모르는 기대와 두려움이 몰려온다.

K은행 홈페이지를 클릭했다. '한채희. 발령지. ○○○도 F시 K은행.' F시는 처음 들어본 도시 이름이다. 카톡과 문자가 계속 전송되었다. 핸드폰 전원을 껐다. 빨간 풍뎅이 차가 다가왔다가 빠르게 지나간다. 인미 차와 닮은 차다. 한 시간은 족히 지났다.

버스 앞에 빈 택시가 달려온다. '언니, K은행 북부지점으로 전근할 거라고 하지 않았어?' 인미의 말이 달려든다. 택시 뒷좌석에 앉은 채희는 차창 밖으로 시선을 돌렸다. 머리가 하얀 노인과 여자아이가 비를 맞으며 인도를 걷고 있다. 매월 같은 날, 어김없이 은행을 방문하여 적금을 불입하는 낡은 모자의 중절모. 불현듯 긴 머리의 딸아이가 떠오른다. 하루가 다르게 변하는 시기다. 얼마나 예쁘게 자랐을까.

"이젠 보고 싶지 않아!"

채희는 작은 소리로 내뱉는다. 진우 아버지의 말처럼 딸아이는 진우와 결혼한 여자에게 익숙해져야 한다. 차를 잠시 세웠다.

우산을 노인에게 건넸다. 채희를 바라보는 여자아이에게 무슨 말인가 하고 싶지만 아무 말도 나오지 않았다. 돌아서 걷는 채희의 등 뒤로 고맙다는 노인의 인사말이 들렸다.

차가 서서히 움직인다. 차창을 내린다. 우산을 받쳐든 노인과 여자아이가 손을 흔든다. 언제 다시 만나랴 싶어 작별 인사를 한다.

'아가, 안녕.'

"F시로 가주세요."

차 유리에 들이치는 빗줄기를 밀어내고 있는 와이퍼에 시선을 고정한 채 말했다.

구름그림자 흐르는 강

구름그림자 흐르는 강

한 줄기 빛이 몸에 닫자 눈을 떴다. 나는 알았다. 누군가가 내 무덤을 파헤친다는 것을. 흙이 걷히고 구덩이에 어둠이 사라진다. 얼굴에 닿는 공기가 차다. 암흑에 갇힌 지 얼마나 지났는지, 내가 누구인지 기억나지 않는다. 햇살이 나를 어루만진다. 그 어느 지점에 기억 하나가 담겨 있다. 한 남자가 여자에게서 달아나고 있다. 허술한 건물 안의 축축한 바닥에 누워 있는 여자. 어디서 많이 본 듯하다. 남자도 낯설지 않다. 그들은 누구인가. 부부일까? 알 듯 말 듯 떠오르지 않는다. 이어 생각하고 싶지 않은 기억 하나가 덮친다. 무리지은 사람들이 나를 죽이려고 몰려왔다. 있는 힘을 다해 대항했으나 머리에 총알이 박혔다.

나를 둘러싼 얼굴과 나뭇가지가 하늘을 배경으로 어른거린다. 내 모습을 보고 있는 사람들은 똑같은 복장을 하고 있다. 그들에게서 나를 해친 사람과 유사한 냄새가 나지만 어딘지 모르게 다르다. 또 다른 방법으로 나를 훼손하려는 걸까? 그렇지 않은 것 같다. 그들에게서 화약 냄새가 나지만 사지로 몰아넣었던 사람과는 확연히 다르다. 말을 삼가고 하얀 목장갑을 낀 손으로 나를 만진다. 몰골이 말이 아닌 내 모습에 존경심을 나타낸다. 경건한 의식을 행하는 사람처럼 격식을 차리며 나를 하나하나 들어올린다. 동지애가 느껴진다. 그들이 내 뼈에 묻은 흙을, 도공이 유액을 바르듯 솔로 부드럽게 쓸어내린다. 사타구니를 지나는 솔의 감촉이 부드럽다. 겨드랑이를 지날 때는 간지러워 웃음을 참기 어려웠다.

*

슬리퍼가 발에 끌리면서 소리를 낸다. 살갗이 벗어진 발등이 쓰리다. 아파트 주차장에 이르자 힘이 모두 빠져나갔다. 집에 도착했다는 안도감에 주저앉기 직전이었는데, 승용차에 눈길이 멎은 순간 미령은 정신이 번쩍 들었다. 프런트 트렁크에 앉아 있는 남자가 이쪽을 보고 있었다. 다행히 자신을 병원에 들어가게 만든 그 남자신령은 아니었다. 병원을 도망쳐나온 것이 두 번째다. 복도 곳곳에 감시의 눈길이 번득였다. 두 번의 실수는 허용 않겠다는 속마음이 과도하게 드러났다.

세상은 뜻대로 되지 않는 게 많았지만 그 중에 제일 무시무시한 상대를 만난 것, 그것은 벗어나기 어려운 남자신령이 내미는 신탁의 오랏줄이었다. 사라져! 사라져! 수없이 남자신령에게 내질렀던 말이다. 누가 관심 가지라고 했나!

구걸한 적 있었나! 사랑을 달라고 했나! 캔버스만 들여다보던 평범한 미대생에게 다가와 정신을 어지럽혔다. 안개처럼 예고 없이 다가와 짝사랑하는 사람에게 열정을 쏟아붓듯 관심을 가지라니, 좋아하라니. 그 남자신령… 신탁의 노회한 정열 때문에 미령은 숨을 쉴 수 없었다.

*

숲을 벗어난 군용 트럭이 어느새 훤한 도로를 달린다. 우람하고 하얀 건물 앞에 멈추었을 때 어디선가 향긋한 냄새가 날아왔다. 묻힌 나를 파낸 사람들이 트럭에서 내렸다. 절도 있는 걸음으로 행진하듯 현관으로 향했다. 그들의 손에 내가 들려 있다.

분홍색 가운을 입은 남자의 눈길이 실험대에 꽂혔다. 실험대 위에 하얗게 드러난 몸. 알 수 없는 부끄러움이 일었다. 창으로 눈길을 돌리자 나무 울타리가 보였다. 탱자나무 울타리와 비슷했다. 낯선 이곳이 어색하지 않았다. 왠지 고향에 온 듯했다. 노란 탱자 향기를 맡으며 대청마루에 걸터앉은 착각마저 들었다. 영수. 3대 독자 아들에게 세세만년 살라고 지어준 이름, 영수! 내 이름이 선명하게 떠올랐다. 이어 여자의 갸름한 얼굴이… 또렷한 눈, 코, 입, 귀가 그려졌다. 세화였다. 창문에 비친 세화의 표정이 어두워 보였다.

고약한 약품 냄새를 뿜어대는 남자, 분홍 가운의 남자가 테이블 위에 가지런히 놓인 조각난 머리뼈와 등뼈와 다리뼈를 훑어보더니 두개골 조각을 들어올렸다. 안경 앞에 들이대고 요모조모 살펴본다. 나는 그 눈길이 부끄러웠으나 정신을 가다듬어 말을 건네었다.

— 총알이 박혔던 이마, 갈라지고 금이 간 내 얼굴은 봐서 무얼 하시오. 그것보다는 세화에게 무슨 일이 있는지 알고 싶소.

그의 표정에 아무런 미동이 없다. 나는 내 소리가 작았는지 모른다고 생각하며 죽을힘을 다해 외쳤다.

— 내 기억을 모두 되살려주시오.

그는 끝내 아무런 반응을 보이지 않았다. 한마디 말도 알아듣지 못한다는 것을 알았다.

"두상이 잘 생겼어."

분홍 가운이 뼛조각을 실험대에 내려놓고 두개골 형체를 잡는다. 분홍 가운과 동년배로 보이는 초록 가운은 조각난 다리뼈를 눈으로 훑어본다.

"추정 나이 20대 후반. 키가 커."

혼잣말을 중얼거리는 초록 가운은 골학osteology에 관심이 많은가보다. 테이블 옆 책장에는 여러 종류의 골학 책이 일정한 자리를 차지하고 있었다. 초록 가운이 손에 들고 있던 책을, 빠진 이를 끼우듯 책장에 꽂아넣었다.

그러고 보니 예전에 나는 실험실 한쪽에서 책을 탐독했다. 인간의 의식 흐름과 행동을 분석하는 심리학 계통 책이었다. 읽는 내내 내가 맡은 까까머리 녀석들이 어째서? 왜? 그런 생각을 하고 행동을 하는지 답을 구하려고 했다.

꿈틀거리는 생명체, 새를 해부하다가 어떻게 새를 램프에 구울 생각을 할 수 있는지…. 그날 밤 꿈속에서 비둘기 날개 밑의 힘줄이 수축했다. 이후 반복해서 같은 꿈을 꾸었는데, 생각을 오래해서인지 현실인지 꿈인지 헷갈리는 일이 일어났다. 분명한 것은 까까머리 녀석들이 교정에서 모두 사라졌다는 것. 까까머리 녀석들 대신 들어본 기억이 없는 억양의 사람들이 실험실과 교실과 운동장을 차지했다.

"신체가 잘 발달했어. 양호해!"

초록 가운이 지루한 작업 끝에 그래픽으로 골격을 복원했다. 모니터에 비친 모습을 살펴보던 분홍 가운이 말했다.

"얼굴이 갸름하고 어깨가 건장하고…."

노란 탱자가 연상되는 피부의 초록 가운은 분석 끝에 보고서를 작성한 후 다시 한마디 했다.

"다리가 엄청 길어."

아, 이제야 확연해진다. 까까머리들이 내 등 뒤에서 학다리라고 떠들어댔었다. 나는 까가머리들을 가르치는 선생이었다. 분홍 가운은 남자치곤 허리가 길지 않았다. 몸이 튼

실해서 왜소해 보이지는 않으나 머리통이 내 턱밑에도 미치지 못할 것이다. 아! 그렇지. 집엔 머리가 내 어깨에도 못 미치지만 세 살 위인 아내 세화가 있고 어린 딸 은하가 있었다. 세화는 은하 생일 때마다 눈이 큰 은하 모습을 캔버스에 담았다. '한순간에 지나가버리는 천진한 모습을 놓치고 싶지 않아.'

은하가 벽에 줄지어 걸린, 자신의 한순간 모습이 포착된 그림 앞에서, 몸짓과 표정을 따라하곤 했다. 내가 집을 떠날 무렵 어린 은하는 알아듣지 못했다. 태어날 때부터 장애를 가진 것은 아니었는데, 집 근처에 터진 포탄 소리 때문에 귀가… 그 충격으로…. 알아듣지 못하고… 말도 하지 못했다.

여느 여름 같았으면 기름에 물감을 개어 캔버스에 은하의 모습을 담았겠지만 내가 집을 떠났던 그해 여름은 달랐다. 물감도 캔버스도 없었다. 일곱 번째 생일을 맞은 은하는 꾀죄죄한 원피스를 그대로 입고 있었다. 새로 마련한 옷을 입을 수 없었다. 옷장이 한순간에 건물 잔해에 묻혀버렸다. 한여름, 쉰내가 올올이 밴 옷은 영락없이 몰락한 도시의 아이였다. 집에는 음울한 기운이 가득했다. 집뿐만 아니라 도시 전체가 암울했다.

도시에는 위험한 기류가 흘렀다. 도시의 남쪽을 흐르던 강과 도시 한가운데를 가로지르는 개천에, 곧 닥쳐올 우울한 기운이 무성하게 흘렀다. 사람들은 위기를 알아챘다. 그들은 짐을 챙겼다. 무리지어 도시를 떠났다.

도시를 떠나지 못하는 무리도 있었다. 어깨에 무거운 짐을 짊어질 수 없는 허약한 사람. 떠나기를 끝내 거부하는 노인. 아무리 다급해도 뿌리박힌 나무처럼 움직이지 못하는 환자. 만삭의 임산부. 출산이 임박한 아내의 뱃가죽은 부풀대로 부풀었다.

"속히 이 도시를 떠나."

"무슨 그런… 되지 않는…."

"아이 데리고 어서…, 먼저 가면 곧 뒤따라갈 테니 제발…."

"함께 가야 해."

아내의 말에 고개를 가로저었다.

"말 좀 들어. 길에서 해산하다 아이를 잃을 순 없어."

자정부터 계속된 산통이 숨가쁘게 이어졌다. 바닥에 등을 대고 무릎을 세운 아내. 신음 소리가 앙다문 입에서 연달아 새어나왔다. 아내는 마지막 힘을 주기 위해 손을 움켜쥐고 부르르 떨었다. 사내아이의 울음소리가 우렁찼다. 도시가 적의 수중으로 넘어가기 이틀 전이었다.

*

미령이 대학에 막 입학했을 때였다. 교정에서 전사자 유족 찾기 현수막을 보았다.

"할머니, DNA 검사하자."

"그런 거 안 할란다.

"할머니, 그래도 뼈라도 찾고 싶지 않아."

"뼈라니. 내 아버지는 어딘가에 틀림없이 살아 있어."

"할머니, 그때가 언젠데…."

이러던 할머니가 마음이 바뀌었다. 6·25 전사자의 가족을 찾는 뉴스가 연일 보도된 후였다.

"할머니, 왜 마음이 바뀐 거야?"

"네 말대로 아버지가 살아 있다면 60여 년 동안 어찌 날 찾지 않았겠니? 이젠 그 뼈라도 만져보고 보내드리는 게 맞을지도 몰라."

*

상관은 금속테 안경을 콧등 위로 밀어올리거나 모자를 벗었다가 다시 쓰기를 반복했다. 그러다 핸드폰을 들여다보며 시간을 확인했다.

"지금 몇 신데 아직도…." 혼자 중얼거렸다.

"합동 봉안식이 끝난 지 언젠데. 그 유족은 왜 안 오지?"

접견실로 막 들어온 군인이 상관에게 보고했다.

"예기치 않은 일이 생겨 조금 늦는다고 연락받았습니다."

군인의 가슴에 새겨진 '강낙동'이라는 글자를 보는 순간 나는 문득 내 고향이 강을 품은 지역이라는 것을 떠올렸다. 강, 낙동강! 강물이 그려졌다. 얼마 만에 만난 풍광인가. 파란 물, 모래, 긴 다리 아래 시원한 그늘, 바위. 열네다섯 살 무렵이었다. 강에서 날이 저물도록 놀았다. 멱을 감기도 하고 물고기를 잡았다. 늘 좋은 기억만 있는 게 아니었다.

큰 홍수가 두 해 연달아 있었다. 강물이 둑까지 차올랐다. 돼지가 물에 둥둥 떠내려가고, 집채가 넘실거리며 흘러왔다. 그 다음해는 강물이 강둑을 넘어 안방 천정까지 차올랐다. 찰랑거리던 물이 빠지자 천정 한 뼘 아래 얼룩이 뱀처럼 벽에 휘감겨 있었다.

또 다른 해의 여름 광경이 달려든다. 장마철이어서 강물이 불어났다. 아득한 강에 도도하게 흐르던 물이 피로 붉게 변했다. 붉은 강물에 사람들이 허우적거리며 아우성쳤다. 나는 물에 빠지기라도 한 듯 숨이 턱턱 막혔다. 두려움에 휘감겨 헉헉대는 나를 구한 사람은 때맞춰 접견실로 들어온 노파였다.

낙동강을 품은 도시에서 온 사람이라는 것을 직감으로 알았다. 나이 지긋한 노파. 투박한 강 냄새가 났다. 70은 훨씬 넘어 보였다. 행색이 초라하진 않았지만 부유해 보이지도 않았다. 노파 뒤를 따라 들어온 남자는 노파의 아들일까? 닮은 데라곤 한 군데도 없었다. 어쩌면 사위일지도 모른다. 40대 중반은 되었을 것이다. 나는 이목구비가 조화를 이루어 단아하고 행동거지가 정숙했던 아내가 나타나기를 은근히 기대했다. 유골보존실 214번 칸에서 나는 오래 기다렸다. 불에 태워져 가루로 변했지만 뜨겁지도 아프지도 않았다. 아내는 나를 알아보리라 확신했으니 슬프지도 않았다. 아내가 아니라 다소 실망했으나 낙동강을 품은 도시에서 온 사람들이라 친근함이 느껴졌다.

"시간을 지키지 못했어요. 딸 때문에…."

몸이 여위고 광대뼈가 불거진 키 큰 남자가 정중하게 예를 갖추어 말했다.

"딸 미령이 혼절해… 늦게 깨어나…."

"뭘 그런 소리까지 하는가."

노파가 탁자 앞으로 다가오더니 느닷없이 탁자에 놓인 내 유골함을 끌어안았다. 노파가 어깨를 들썩거리며 울음을 터뜨렸다. 나는 무슨 일인가 싶었다. 내가 살던 도시를 떠나기 전이나 그 후 내내 탄식과 아우성치는 모습만 보아온 터라 이 상황이 달갑지 않았다.

— 다짜고짜 울음이라니요!

머리가 반쯤 센 노파는 넋두리를 쏟아부을 모양이다.

"아이고, 왜 이런 모습으로… 이제야…."

노파의 가슴 앞 유골함 위로 원망의 물줄기가 쏟아졌다.

"도대체 왜 나타난 거예요. 왜?"

나는 쏟아져 내리는 폭포수에 몸을 내맡길 때처럼 등줄기가 서늘해진다.

"도대체 무슨 할 말이라도 있어서…. 무슨 할 말이 남아서 나타난 거예요? 아버지!"

— 아버지라니! 내가?

내 어린 딸은 날벼락을 맞아 청력을 잃은 상태였다. 아내와 내가 큰소리로 말을 해도 알아듣지 못했다. 가슴을 주먹으로 치거나 울기만 했다. 어쩌다 겨우 몇 마디 알아듣고 말을 했으나 발음이 분명하지 못했다.

— 할머니가 내 딸이라뇨! 그럴 리가요. 할머니의 발음이 너무 또렷해요?

나는 잠시 생각을 가다듬어보았다. 여덟 살이던 딸. 그 딸이 지금 이 노파로 변한 건가. 이 나이가 될 만큼 시간이 흘렀단 말인가? 그래 맞아! 초록 가운이 테이블 위의 나를 보며 땅속에 묻힌 지 반세기 하고도 14년이 지났다고 중얼거리지 않았던가. 그러면 이 노파가 내 딸이란 말인가! 은하는 아내를 빼닮았지. 왼쪽 이마에 흉터가 있었는데, 흉터는 굵게 패인 주름살에 묻혀서 보이지 않는구나. 이마에 난 흉터는 훈장이라고 딸아이에게 늘 말했었지…. 어릴 적 모습은 어디로 가고 작고 여윈 노파가 눈앞에 있다. 아무리 보아도 아내의 고운 모습을 닮은 데라고는 한 군데도 없다. 옆에서 지켜보던 남자가 노파를 일으켜 의자로 데려가려고 한다. 노파가 말했다.

"이보게 자네. 연재 외할아버지께 인사하게."

연재 외할아버지라니! 그럼 연재는 내 딸 은하가 낳은 자식이구나. 내 짐작이 맞았어. 젊은 남자가 내 딸의 사위이고 내 손녀 연재의 남편이다. 그가 접견 장소에 늦게 온 이유가 딸 미령이 때문이라고 했다. 그러고 보니 얼굴에 수심이 가득하다. 내 손녀 연재와 연재의 딸 미령과 내 아내에게 도대체 무슨 일이 생긴 건가? 미령이 아파서 자리에 누워 있나. 그래서 간호하느라 연재도 아내도 못 온 건가. 나는 영겁의 헤아릴 수 없는 시간의 강을 한순간에 건너온 것 같았다.

내가 집을 나올 당시 많은 사람이 다치거나 죽었다. 도시는 단숨에 적의 수중에 들어갔다. 저항 한번 하지 못했다. 건물이 주저앉고 도로가 갈라지고 나무가 튀어오르고, 개와 돼지가 공중으로 솟구쳤다. 태어난 지 이틀 된, 이름도 갖지 못한 사내아이의 울음소리는 더 이상 들을 수 없게 되었다.

도시가 몰락한 지 6일째 되는 날 밤에 나는 집을 몰래 빠져나왔다. 달도 별도 없이 깜깜했다. 몇 날 며칠 산속을 헤맸다. 밤이 되자 짐승처럼 엎드린 마을로 내려갔다. 적의 수중에 넘어간 마을이었다. 나는 적에게 잡혔다. 이튿날 적의 트럭에 태워져 어딘지 모르는 곳으로 가는 중이었다. 트럭이 모퉁이를 돌자 그대로 뛰어내렸다. 언덕 아래로 굴러 돌밭에 나뒹굴었다. 발목이 접질려 잠시 주저앉았던 몸은 자동으로 일어났다. 아픈 줄도 몰랐다. 푸른 수수밭을 지나고 가시덤불 둔덕을 오르고 또 올랐다. 좁은 도로에서 다시 트럭을 만났다.

아군 트럭에서 내릴 땐 저녁 무렵이었다. 자그마한 시골 운동장은 사람들로 가득 찼다. 운동장과 교실에서 낮과 밤을 지새우며 훈련을 받았다. 총알 다섯 개를 소비하고 전사가 되었다. 나는 소위 계급장을 달았고 싸움터에 투입되었다.

마지막으로 치른 전투가 떠오른다. 산기슭은 튀는 불꽃으로 뒤덮였다. 검붉게 타오르는 연기와 흙먼지로 숨을 들이마시기조차 어려웠다. 나무가 뒤엉키고 바위가 부서지고, 파헤쳐진 산기슭은 묘지 같았다. 푸른 나무처럼 싱그러운 청춘은 사라지고 고꾸라진 영혼들이 즐비했다. 즐비한 죽음 속에 살아 있는 것은 소리뿐이었다. 요란한 소리를 내며 날아온 총알이 한쪽 어깨에 박혔다. 뜨거운 열기가 온몸으로 흘렀다. 감긴 눈으로 하늘을 가린 포연 속의 빛이 번쩍거렸다. 아래쪽 계곡에서 한 무리의 사람들이 다가오는 소리가 들렸다. 우리를 살리려는 사람들이었다. 한바탕 전투를 치른 후 점점이 흩어진 땅 위의 주검을 둘러보며 지휘하는 대장의 목소리가 우렁찼다.

"살아 있는 자, 확인하라."

"살아 있는 자 없습니다."

"위급한 사람 여기 있습니다."

또 다른 병사가 외쳤다.

"아, 여기 두 명 있습니다."

목소리가 가느다란 병사가 죽은 병사의 옷을 찢어 다친 병사의 가슴에 감았다. 그리고 내게 다가왔다.

아군 병사가 죽은 병사의 목에서 군번줄을 거두는 소리가 났다. 갑자기 요란한 소리가 들렸다. 적군이었다.

"전투 태세! 전투 태세!"

시끌벅적한 소리 속에 대장이 긴박하게 외치는 소리가 묻혀들었다. 나는 몸을 일으켰다. 적의 함성과 요란한 소리로 알 수 있었다. 그 수는 헤아릴 수 없이 많았다. 능선을 타고 몰려오는 적군은 오전에 맞붙은 적의 수와는 비교할 수 없었다. 요란한 소리는 여느 부대와 달랐다.

총알이 날벌레처럼 포연 속을 날아다녔다. 마지막 남은 총알을 발사한 직후였다. 입으로 수류탄 안전핀을 뽑으려다가 나는 쓰러졌다. 총알이 머리에 박혔다.

접견실 분위기는 안정되었다. 상관이 긴 의자에 마주 앉은 노파와 젊은 남자를 번갈아 살펴보다 말을 꺼냈다.

"유해는 현충원에 안치하거나…."

은하가 말을 잘랐다. 단호했다. 국립 현충원 안장을 거절했다.

"엄마 산소에 함께 모셔야지요. 고향 산소에…."

— 엄마 산소라니. 아니 그럼 아내가….

젊은 남자의 상의 주머니에서 전화 벨 소리가 요란하게 울렸다.

"장모님, 미령이가 병원에서 없어졌대요. 혹시 집에 가 있을지도 몰라요. 대구로 다시 내려갔다가 안동으로 가야겠어요."

— 미령이.

나는 은하의 손녀 이름을 불러보았다.

*

남자신령이 끈질기게 달려들었지만 영혼이 통한 적은 없었다. 그의 맹목적 사랑은 과도한 집착에 지나지 않는다. 그 이상도 이하도 아니다. 그런데 왜 하필 나야. 그에 대한 기억이 말간 데, 접신하여 영혼이 통하고 그가 바라는 대로 움직이는 무속인이 되느니, 차라리 없애버리겠다고 다짐했다. 그가 사라지지 않는다는 것을 알게 된 날이었다. 으스스 몸이 떨렸다. 정신이 혼미했다. 미령은 수면제를 한 줌 들고 있었다. 새벽에 약을 삼켰고, 침대에 쓰러져 있었고, 이를 발견한 미령의 아버지가 정신병원에 입원시켰다. 아버지의 이러한 반응은 미령의 어머니 영향이 컸다. 어머니는 죽음

보다 더한 고통을 견디다 못해 접신을 했지만, 그의 말을 고분고분 따르지 않다가 죽었다. 어머니처럼 딸도 허무하게 목숨을 잃을까 공포에 질린 아버지는 예민했다.

남자신령은 어머니의 마음 따위는 뭉개버렸을 것이다. 어머니는 일방적인 명령만 수행해야 하는 허깨비였다. 남자신령의 냉기찬 독설이 흐르고, 그 말을 그대로 읊어야 했다. 그랬던 사랑과 관심은 어느덧 싸늘하게 식어 접신의 효력이 떨어지고, 그제야 각자의 길로 돌아갔다.

미령은 허기져 쓰러질 것 같았다. 병원 음식은 삼키지 못했다. 토했다. 자주 헛것이 보였다. 여자였다. 멀리 있어서 얼굴을 알 수 없었는데…, 슬퍼보인다는 생각을 했다. 여자가 다가오자 현기증이 일었고, 정신이 혼미해졌다. 지난 번에도 기절했다가 깨어났다. 먼길을 걸어온 미령은 몸을 뉘이고 싶었다. 집 주차장을 막 지나는데 하얀 콩이 떠올랐다. 승용차 트렁크에 앉아 있는 묘한 남자를 본 순간이었다. 프런트 트렁크에 올라앉은 그를 처음 본 순간 미령은 알았다. 운명이라는 걸. 만남이 예정되어 있고, 그 만남이 변곡점이 될 거라는 것을. 지금까지 남자신령에게 저항하며 버틴 이유가 있었음을…. 트렁크 위의 남자를 만나기보다는 우선 허기를 채워야 했다. 어머니가 방바닥으로 던진 콩, 아, 콩을 떠올린 순간 미령은 정신이 혼미해지는 것을 느꼈다.

*

나는 아파트 건물 앞 주차장으로 다가오는 여자를 보았다. 미령이 나타날지도 모른다는 생각을 한 순간이었다. 승용차 앞을 지나가는 미령은 환자복을 입고 있었다. ○○병원이라 적힌 자잘한 글씨가 무늬를 이루는 옷의 바짓가랑이는 더럽고 흰 티셔츠는 땀에 젖었다. 슬리퍼는 한쪽 발에만 걸려 있다. 다른 발은 먼지가 묻어 새까맸다. 이마가 둥그스름하고 앳된 얼굴은 마르긴 했지만 눈 코 입이 처녀적 세화 모습 그대로다. 틀림없어. 세화다. 그런데 걷는 모습이 이상했다. 앞으로 꼬꾸라질 것 같았다. 자동차 트렁크에서 한순간에 뛰어내린 나는 그녀의 팔을 잡았다.

— 세화!

그녀가 내게 몸을 의지했다.

"나는 세화가 아니라…."

— 그럴 리가. 세화가 틀림없어. 눈, 코, 입, 그리고 말하는 모습뿐만 아니라 목소리까지 똑같아.

"미려온다, 미려온다…."

그녀는 무언가에 잔뜩 질려 있었다. 입술이 새파래지고 눈동자가 초점을 잃었다.

"… 위이로오오… 위로오오… 위려어엉…."

세화가 다시 중얼거렸지만, 나는 무슨 뜻인지 알아듣지

못했다. 이방인에게서 흘러나오는 소리처럼 생소했다.

— 세화 누나! 세화 누나….

나는 세화를 부축해서 건물로 들어갔다. 5층 건물의 계단을 올라 4층 현관문 앞에 섰다. 현관문도 중문도 열려 있었다. 닫힌 안방에서 은하와 미령 아버지의 말소리가 났다. 나는 그들이 나누는 대화 소리에 귀를 기울였다. 은하의 목소리가 들렸다.

"병원에도 없고 집에도 없으면 그럼 미령은 도대체 어디에 있단 말인가?"

"장모님, 아마 거기 있을 거예요."

"거기라니?"

"효령요. 지난 번에도 병원을 나와서 효령에 갔잖아요. 차라리 안동 장모님 댁에 가 있으면 좀 좋아요. 거기… 제 어머니 산소엔 왜 자꾸 가는지 알 수 없어요."

세화가 지저분한 발로 실내 바닥에 자국을 남겼다. 어린 시절 세화를 따라다닌 때처럼 나는 발자국 흔적을 쫓으며 그녀에게서 눈을 떼지 못했다. 세화는 소리를 죽이며 수도꼭지 아래 칸의 가구 앞에서 뭔가를 주머니와 가방에 챙겨 넣었다. 그리고 작은 방으로 들어갔다가 나왔다.

현관문을 나선 세화가 복도에서 바지 주머니에서 꺼낸 알갱이를 입에 털어넣었다. 오도독오도독 소리가 났다.

— 알약인가? 병이 위중한가?

계단을 내려가던 세화가 등에 메고 있던 가방에서 꺼낸 알갱이를 다시 한 입 넣었다. 볼이 미어진다.

— 세화야, 영양제니?

"할머니가 할머니의 아버지를 만나러 간다더니, 정말 만났네요. 할아버지!"

— 할아버지? 오오! 그래. 내가 네 할아버지란다. 넌 내 딸 은하의 손녀지. 세화를 너무 닮아서 내가 못 알아보았구나.

"제 이름은 미령이에요. 이건 생콩이구요."

계단참에서 미령이 가방을 뒤져 꺼낸 것을 입에 넣고 우걱우걱 씹었다.

"이렇게 맛난 것이 또 있을까요. 어머니가 아플 때마다 할머니가 밥상에서 밥 한 숟갈, 반찬 한 젓가락씩, 바가지에 담고 칼을 꽂았어요. 그걸 대문 앞에 두고 방으로 들어온 할머니는 앓아누운 어머니를 일으켰지요. 날콩을 주면서 먹으라고 했어요. 할머니가 밖으로 나가자, 어머니는 손에 쥐고 있던 콩을 던져버렸어요. 번번이요. 그때마다 나는 방바닥에 흩어진 콩을 주워 입에 넣고 오도독오도독 씹었어요."

미령의 입에서 낱알이 튀었다. 콩 비린내가 나지 않았다.

"밥을 통 먹지 못했어요. 약도 주사도 소용없어요. 병원을 나와 무작정 걷는데 허기가 졌어요. 콩이… 조금밖에 없어요. 이제 기운이 조금 나네요. 아, 좀 살 것 같아요."

미령이 바지 주머니와 가방을 털어 콩을 모두 입에 넣었다.

— 아까 했던 말은 무슨 말이니? 한마디도 알아듣지 못했어.

"젊은 여자의 영혼을 위로하는 위령을 말한 거예요. 젊은 여자가 밀려온다, 밀려온다, 외쳐요. 그러다 물에 휩싸여 가는 게 보여요. 여자는 수시로 나타나요. 그럴 때마다 난 숨이 가빠져요. 숨을 쉴 수 없어요."

— 그 여자가 누구니, 아는 사람이니?

"안개처럼 뿌연 게 얼굴을 가려 알 수 없어요. 첨엔 어머니인 줄 알았어요. 예전에 어머니도 저처럼 강물을 가로질러 헤엄치는 여자가 보인다거나 물에 휩쓸리는 여자가 보인다고 했어요. 어머니는 밀려온다. 밀려온다. 소리치며 울다가 정신을 잃었어요. 기절을 한 게 한두 번이 아니었어요. 멀쩡하던 어머니가 느닷없이 신병에 시달렸고, 진짜 무속인이 되지도 못했어요. 버림받았어요. 어머니가 앓았던… 억눌린 날은 밤낮으로 계속되었어요. 잠을 자지 못했어요. 제가 신병을 앓는 것은 일시적일 거예요. 이따금 대뇌반구의 깊은 곳에 있는 신경세포가 흔들리는 듯, 머리가 혼란스러울 때가 있어요. 아버지는 그럴 때마다 좁은 방에 나를 가두었어요. 나는 불쌍한 그 여자의 영혼을 위로해야 해요. 그러면 다신 나타나지 않을 거예요."

— 네 말을 잘 알아듣지 못하겠구나! 강물을 헤엄치며 사라진 여자가 네 어머니 아니면 누구니?

"어머니는 처음 보는 여자라고 했어요. 내가 본 여자는 얼굴 없는 여자처럼 얼굴을 전혀 알 수 없어요. 그래도 알 수 있어요. 철 이른 바다에서 죽은 어머니가 아니라는 걸. 그 여자는 축축한 곳, 땅 바닥에 등을 대고 누워 있기도 해요."

— 축축하다니?

"거기가 어딘지 모르겠어요. 어두운 기억의 장소일 수 있어요. 흔적을 찾고 싶어요. 자취라도 찾으면 그 여자가 누군지 알 수 있을 거예요. 이미 존재하지 않은, 사라진 장소일지도 몰라요. 그게 두려워요. 전 이제 가봐야 해요. 여기 복도는 너무 더워요. 또 만나게 될 거예요."

*

운전대를 잡은 미령의 아버지가 차창을 내렸다가 다시 올렸다. 효령으로 향하는 이른 아침부터 차 안은 후끈한 열기가 가득했다. 고속도로를 달리다가 휴게소에 잠시 들른 후 다시 시동을 켠 미령의 아버지는 한마디도 하지 않았다. 굳게 다문 입. 갖은 상념으로 묘한 표정이었다. 뒷좌석의 은하도 말이 없었다. 나는 아침에 본 미령의 방을 떠올렸다. 책이 한눈에 띄었다. 책상 위에 위태하게 쌓여 있었다. 문 옆의 한 벽을 차지한 책장에도 빈틈없이 책들로 채워져 있었다. 미술에 관한 책이었다. 동양미술사, 서양미술사도 보였다. 화가의 그림과 해설을 곁들인 책이 대부분이었다. 책들을 훑어보는 순간 젊은 시절 세화의 방을 보는 것 같았다. 세화의 방에 있었던 책장 속의 책들이 고스란히 옮겨져 있나 싶어 살펴보았지만 세화가 간직했던 책은 한 권도 찾지 못했다. 어린 은하는 세화의 미술책을 펼쳐보곤 했는데, 어떤 그림이 제 마음에 들면 책을 놓지 않았다. 끝없이 그림 얘기를 하라고 졸랐고, 세화에게 들은 얘기를 내게 들려주었다. 어린 은하 생각을 멈추게 한 것은 미령의 아버지 핸드폰 벨 소리였다.

"왜 전화 한 통 없는가. 딸은 찾았나?"

어제 부대 접견실을 막 떠나려는 참에 미령의 아버지에게 걸려온 전화 속 그 목소리였다. 미령이 없어졌다고 말한 남자. 안동으로 향하려던 승용차를 대구로 돌리게 했던 사람이다. 미령의 아버지가 근무하는 병원의 동료이자 친구인 모양이다.

"찾았든 못 찾았든 연락은 해야 할 것 아냐. 어제 병원 어딘가에 숨어 있을 거라 생각하고 찾느라 한바탕 소동을 벌였어."

"… 그러니까 미령을 찾으러 효령으로 가는 중이네…."

미령의 아버지는 그간의 일을 설명하느라 진땀을 흘리고 있었다.

*

미령의 아버지 고향 야산에 미령은 없었다. 미령의 어머니 무덤 앞에 액자가 세워져 있었다. 세화가 학창 시절부터 아끼던 명작 화첩에서 본 적이 있는 파올로 베로네세의 작품이다. 나는 액자 속에서 흐트러진 옷을 추스르는 여자가 세화처럼 슬퍼보였다. 은하가 액자를 들고 일어서며 말했다.

"아니, 이 〈루크레티아〉[1] 액자가 왜 여기 있지? 얼마나 찾았는데. 집안을 다 뒤져도 없던 액자가 어떻게 여기? 어머니가 생각나서 그림을 액자에 넣었어. 폭격으로 아버지, 어머니의 증명사진, 가족사진 하나 남아 있지 않았어. 너덜해진 화첩에서 온전히 이 그림만 있었어. 이게 유일한 어머니 유품인데…. 이게 여기에?"

"작년에 미령이 안동에 갔다오면서 가지고 왔어요. 장모님이 준 줄 알았어요. 그런데 미령은 왜 이걸 제 어머니 무덤에 놓았을까요. 미령이가 어제 늦게 집에 가서 이걸 챙겨온 것 같아요. 미령이 이 근처에 있는 게 틀림없어요."

나는 두 사람보다 한발 앞서 산을 내려왔다. 시외버스 정류소 방향으로 걸어가고 있는 미령을 보았다. 미령이 제 어머니 무덤에서 산을 오르는 아버지와 할머니를 보고 미처 액자를 챙기지 못하고 몸을 피했을 것이다. 미령이 버스를 타고 세화에게 가려는 것이 아닐까. 문득 미령이 세화에게

---

1) 고대 로마의 전설적인 여인. 미모와 정절로 유명하다. 콜라티누스의 아내였는데, 로마 왕 타르퀴니우스의 아들에게 능욕당하자 자살하였다.

그림을 보여주고 싶어하는지도 모른다는 생각이 스쳤다.

"할아버지, 따라오지 마요. 이번에 잡히면… 정말 나…."

— 미령아! 승용차 타고 가자꾸나?

미령이 한마디 대꾸 없이 무작정 뛰기 시작했다.

안동행 시외버스에 막 오르려다 제 아버지에게 잡혀 승용차로 온 미령은 차 안에 있는 나를 발견하고, 순순히 뒷좌석에 올라앉았다. 효령을 출발한 승용차는 국도를 달렸다. 은하 곁에 앉은 미령은 말이 없었다. 투시력을 가진 커다란 눈으로 차창 가에 앉은 나를 이따금 건너다보았다. 햇살에 눈이 부시자 시선을 거두곤 했다. 운전석을 향해 은하가 말했다.

"아버지가 다녔던 옛 길로 가세."

승용차가 직선도로를 벗어나 굽어 휘어진 호숫가를 달려간다. 미루나무 잎처럼 팔랑거리는 물을 보며 가다보니, 짧은 굴이 나타났다. 낯익은 굴이었다. 빚어놓은 듯한 암산굴[2]과 단층 절벽을 가까이 보니 비로소 나는 고향에 온 느낌이 들었다. 젊은 시절 아버지가 노역에 강제 동원되어 만든 암산굴은 안동에서 대구로 가는 첫 번째 관문이었다. 이제는 사람들이 잘 다니지 않는 길인 듯 황량해보였다. 굴을 단숨에 통과하여 달리다가 모퉁이를 돌자 언덕길 아래 멀리 들

2) 암산굴은 일본이 대구와 안동을 연결하기 위해 주민을 강제 동원하여 돌산을 깎아 만들었다.

판이 보이고 이윽고 강이 나타났다. 낙동강에 걸쳐진 긴 다리가 여러 개 있었다.

"할아버지, 차가 곧 영호대교로 들어설 거예요. 안동대교를 오래도록 간수해야 한대요. 그래서 영호대교를 새로 만들었어요."

미령이 나를 보며 설명했다.

"아니 미령이가 말을…." 은하가 입을 다물지 못한다.

강둑을 끼고 동서로 길게 펼쳐진 안동 시가지. 강둑에 펼쳐진 웅장한 건물들을 바라보다가 시선을 미령에게 돌리며 나는 말했다.

— 안동대교가 무너졌단다.

"그 때문에 많은 사람이 도시 안에 갇혔지."

미령의 목소리는 앳된 처녀의 목소리가 아니었다. 성량과 음색과 톤이 아내 세화, 그렇다. 아이 엄마의 목소리다. 그녀의 눈이 발갛다. 충혈된 눈에서 불이 뿜어져나왔다.

"성으로 둘러싸인 것처럼 안동 시가지는 산으로 둘러싸였어."

— 남쪽은 강이지.

"강물은 예전에 비하면 턱없이 줄어들었어."

— 한 줄기 가느다랗게 흐르네.

"댐을 만들어 물을 막았으니 물의 양이 줄고 그 힘도 약해졌어."

차창 밖을 보며 대화를 나누다가 나는 한순간에 엄청나게 불어난 강물을 본다. 안동대교 난간 아래까지 물이 차올랐다. 드넓은 강폭을 다 채운 강물이 넘실거린다. 도도하게 흐르는 강물이다. 그 순간 폭음 소리와 함께 안동대교 일부가 부서진다.

— 안동대교 일부가 폭파됐어.

세화가 대꾸했다.

"다리를 폭파해서 시간을 벌어야 했어. 다리를 부수는 것과 시간을 버는 게 무슨 뜻인지를 나중에 알았어."

나는 안동대교에서 눈을 떼지 못한다.

"공간을 내어주고 시간을 벌어야 했으니까."

"미령아! 너 말문이 트였네. 이 할미에게조차 한마디 말도 않던 네가."

"…."

미령이 다시 입을 닫자 은하는 운전석을 향해 말했다.

"자네 미령이가 하는 말 들었는가!"

"…."

운전대에 앉은 미령 아버지의 얼굴이 벌게졌다.

"미령이가 또 정신나간 사람처럼 혼자 지껄이는 모습…. 도저히 지켜보기 어렵네요."

"자네, 너무 속끓이지 말게."

은하는 마치 사위의 마음을 아는 듯 위로했지만, 그는 아무 말 없이 라디오를 켰다. 승용차가 영호대교 한가운데를 지난다. 라디오에서 휴일의 날씨가 화창하여 거리로 사람들이 쏟아져나왔다고 했다. 영호대교와 나란한 안동대교 위에는 사람이 많았다. 차가 다니지 않는 안동대교 위의 관광객은 여유로운 모습이다. 철교를 배경으로 사진을 찍는 무리도 있고 영호대교의 풍경을 담는 이도 있었다. 그때였다. 무엇을 잘못 본 것인가. 착시인가. 나는 외쳤다.

— 끊어진 안동대교 끝에 선 사람들이 강물 속으로 빠져들고 있어.

"아우성치며 허우적거리다가 물속으로 사라지겠지!"

세화가 신음을 삼킨다. 나는 세화의 얼굴에서 눈을 떼지 못했다. 시뻘건 눈에서 불이 계속 뿜어져나왔다.

"그날, 아 그날! 장마로 불어난 강물은 강폭을 메웠어. 강물은 그 깊이를 알 수 없었어. 계속되는 장마 탓이었어. 당신은 낙동강 다리를 건너가서, 당신의 안태 고향 남선에서 일을 하던 당신 아버지께 아들을 낳았다고 알렸어. 당신 아버지는 비가 스며드는 지붕을 손보고 있었어. 그 후 당신은 남선을 떠나 안동대교를 건너왔어. 강의 남쪽에서 북쪽으로 건너온 지 하루인가 이틀이 지나서였나, 아니 기억나네. 하루가 지났어. 귀를 찢는 듯한 굉음이 났고, 한순간에 안동대교 한 부분이 날아가고, 단숨에 두 동강 나버렸어. 도시의 북쪽과 남쪽을 이어주던 다리가 끊어지자 당신과 은하와 나는 안동 시가지를 한 발자국도 벗어날 수 없게 되었어."

— 경찰이던 당신 아버지가 안동에서 대구로 전근을 간 건, 서울의 한강대교가 폭파된 지 4일 만이었어. 대구를 사수해야 했으니까. 당신은 출산 예정일에 맞추어 은하와 함께 대구로 갔어. 친가에 머무는 동안 아기 얼굴 보기를 학수고대했지만, 아기가 태어나지 않았어. 모처럼만에 집에 들른 당신 아버지는 잠에 빠진 은하를 깨웠고. 차렷, 열중쉬어, 앉아, 일어서를 한 시간 넘게 반복했어. 군인에게 절도나 규율을 익히게 하는 훈련 같았어. 그 제식훈련이 어쩌면 아버지의 마지막 모습일지도 모른다고 집으로 돌아온 후 내게 말했었지.

"그래 맞아. 예정일이 지나도 나올 기미가 없다가 안동으로 돌아온 뒤, 정확히 3일 지난 날 출산을 직감하고 다시 대구로 가기로 마음먹었어."

— 친가로 떠나려던 꼭두새벽이었지. 당신은 주기적으로 배가 아프다고 했어. 정오가 되자 아기가 태어났어.

"이틀 동안 산후조리하고 그 다음날 대구로 피난가기로 했는데…."

— 당신 친가로 떠나기로 한 그날, 갓난아기를 품에 안은 당신과 은하와 나는 대구로 가기 위해 안동대교를 향해 강둑길을 걸었어.

"안동대교에 막 도착했을 때 다리가 폭파되었어. 소리에 놀라 사람들은 밭으로 산으로 뿔뿔이 흩어졌어."

— 두 동강이 난 줄도 모르는 군인이 남쪽으로 가려고 몰려들었어. 안동대교 북쪽에 도착했어. 떠밀리고 떠밀려왔으나 끊어진 다리 앞에서 나아갈 수도 물러날 수도 없는 진퇴양난이었어. 적군에 쫓긴 아군은 강으로 뛰어들었어.

"그 수가 헤아릴 수 없었어. 뒤이어 속속 도착한 아군이 수없이 강물에 몸을 던졌어. 풍덩풍덩 물결 속으로…."

— 적군이 쏘아대는 따발총 소리는 요란했어. 엄청난 수의 적이 아군을 향해 불을 뿜었어. 총소리는 그칠 기미가 없었어. 또 다른 총구는 강물을 가로질러 헤엄쳐가는 아군을 향했어. 강물이 붉은 색으로 번져나갔어. 붉은 물이 소용돌이치며 흘러갔어. 아우성은 붉은 소용돌이 속으로 점점 잠겨들었어.

"소리에 놀라 하늘로 솟구친 새가 날개를 휘청거리다 구름 속에서 길을 헤매었어. 대교 위에서 죽은 자의 영혼도, 강물에서 죽은 자의 영혼도, 강둑에서 죽은 자의 영혼도 길을 잃고 헤매었어. 남쪽으로 향하는 퇴로가 완전히 막힌 도시는 독 안에 든 쥐였어. 도시 북서쪽에서 위력적인 전차를 앞세우고 좁혀온 적군과 동쪽으로 게릴라전을 펴며 다가온 적군은 도시를 순식간에 점령했어. 안동 지역을 지키던 아군 병사 일부는 안동대교가 폭파하기 직전에 대교를 건너 조기 철수했어. 도시 안의 사람이나 피난길에 오른 사람들은 대항 한번 하지 못했어.

놀란 나는 세화를 쳐다보았다. 세화가 침을 꿀꺽 삼켰다.

— 세화, 당신은 내 모습이 보이나?

"아주 잘 보여. 검은 색 예복을 입고 있네. 당신은 총각 때처럼 머리를 짧게 깎았어. 단정해보여. 그런데 하체가 구름에 가린 듯 보이지 않아"

— 그래도 잘 다니지. 그렇지만 아주 높이 멀리 가진 않아.

"알아, 휴게소에서는 프런트 트렁크 위에, 지금은 뒷좌석 내 옆 창가에 앉아 있잖아."

— 미령, 아니 세화! 그런데도 믿을 수가 없어. 이 의심은 뭐지?

"난 당신 아내가 틀림없어. 세화와 나는 한날한시에 어른이 되었다고, 당신이 내게 말했어."

— 한날한시에 어른이 되었는데, 세 살 위인 누나가 경어를 쓰면, 소름이 돋는다고 내가 당신 손을 잡고 말했었지.

"그렇지, 나는 당신 아내야."

"장모님, 미령이가… 혼자 저렇게 중얼거려요. 환청과 환시에 시달리고 있는 게 틀림없어요. 진작 전문 병원에 옮겨야 했는데…. 이번에 결단을 내려야겠어요. 미령이 마저 제 엄마처럼… 무슨 일이라도 나면… 난 정말 말라서… 시들시들해져서 죽을 거예요."

"별소리를 다 하네. 그렇지 않네. 미령의 말이 조리가 있어. 틀린 말이 아니라 모두 맞는 말이네."

"장모님, 무슨 말씀하세요. 이 모두가 실제로 있었던 일이라고 하고 싶은 거예요. 미령의 상태를 보고도 그런 말씀하시다니요."

"다 사실이라네. 미령이 없는 말을 하진 않았어. 세 살 위 어머니는 아버지에게 존댓말을 쓰지 않았어."

"그거 하나 가지고 지금 정상이라는 겁니까?"

"이보게 자네. 더 말할 것 없이 미령이 퇴원 수속 밟게. 물론 자네는 미신 따위를 믿지 않아 부적 한번 지녀본 적 없다는 걸 알고 있네만."

"할머니!"

목소리가 어느덧 미령의 목소리로 돌아와 있었다. 눈에 서려 있던 핏기도 사라졌다.

"안동의 주변 지역에서 퇴각하던 아군 병사 일부만 안동대교를 건넜어요. 시간이 부족했어요. 대부분의 아군이 미처 건너기 전에 다리가 폭파되었어요. 한강대교가 폭파된 지 한 달여 만의 일이었지요. 한강대교가 무너지는 방식과 똑같은 방법으로 안동대교가 무너졌어요. 1950년 8월 1일 새벽. 안동대교를 폭파한 폭파수爆破手는 한강대교를 폭파한 폭파수였어요. 공병대 출신이었지요. 적의 남하를 지연시켜야 했어요. 절체절명의 시기지요. 바람 앞의 등불 같은 나라를 지키기 위해, 안동이 희생되어야 했어요."

미령은 잠시 쉬었다가 다시 말을 이어갔다.

"안동의 주변 지역을 사수하던 아군은 철수 명령을 너무 늦게 받았어요. 그 이유가 명령서 번역이 늦어서래요. 명령이 늦어진 이유가 농담같지 않아요. 아군 사령부에 하달된 영문으로 된 철수 명령서를 오래 동안 붙들고 번역하느라 안타깝게도 골든타임을 속절없이 놓쳤어요. 그 결과 수많은 사람이 다치고 죽었고 도시는 폐허가 되었어요. 이런 게 농담이 아니면 무엇이겠어요."

— 그래, 세상은 거대한 농담이야.

나는 중얼거렸다. 그 순간 군용 트럭에서 병사들이 나누던 얘기가 내 머리를 스쳤다. 유골함을 실은 트럭에서 무릎을 맞댄 병사의 얘기는 산골길에서부터 도시의 하얀 건물에 도착하기까지 쉼 없이 이어졌다. 나는 얘기를 들으며, 그들이 전쟁에 대해 해박하다는 것을 알았다.

1950년 7월 29일 미 8군사령관은 상주의 미 제25사단사령부를 방문하여 다음과 같은 명령을 하달하였다.

우리는 지금 시간을 얻기 위해 싸우고 있다. 전선 재조정이라든가 또는 기타 어떠한 명목 아래 후퇴는 더 이상 허용할 수 없다. 우리의 후방엔 이제 더 이상 물러설 곳이 없다. 모든 부대는 싸운다. 여기에는 덩키르크Dunkirk[3]나 바탄

---

3) 덩키르크 철수 작전을 말함.

Bataan[4]의 재판은 있을 수 없다. 후퇴한다는 것은 사상 최대의 살육을 의미할 것이므로 우리는 끝까지 싸워야 한다.

이것이 바로 뒷날 널리 알려진 미 장군의 '사수 훈령' 또는 '생사기로의 명령'이었다. 7월 말의 UN군 전선은 미 장군이 말한 그대로 불안하고 혼미한 정황 속에 있었다. 중부와 서부에서 대구로 집중하는 적의 공세는 계속되었으며, 적은 영산에서 낙동강을 건넌 후 밀양으로 직행하였다. 이는 부산 대구 간의 아군 대동맥을 끊을 기도였다. 당시 UN군은 북한군이 측방을 뚫고 부산으로 진출하여도 이를 막아낼 수 있는 부대가 없었다.

미 장군은 UN군 전 부대에 8월 1일 현 전선에서 낙동강 동안과 남쪽으로 철수하여 최후의 저지선을 구축하도록 명령했다. 이것이 낙동강방어선[5]의 형성이다.

1950년 7월 31일, 미 제8군사령관은 안동 지역 방어에 임하고 있던 한국군에 대하여 8월 1일 미명까지 낙동강 남안으로 철수하라는 명령을 내렸다. 이 명령은 북한군의 공세에 대비하여 낙동강방어선을 구축하는 데 그 목적이 있

4) 바탄 전투 패배를 말함.

5) 북한군의 공격에 대한 최후의 방어선으로서 동북부 산악지대, 낙동강, 남강, 남해 등 천연 장애물을 최대로 이용한 방어선이었으며, 워커 장군의 비장한 사수 결의에 따라 이루어졌기 때문에 '워커라인'Walker Line이라고도 불렀다. 한편 이 방어선 내 지역은 나중에 반격을 위한 교두보가 되었기 때문에 '부산교두보'라고도 했다.

었다.

명령은 이날, 31일 오후 7시에 연락병에 의해서 아군에 전달되었다. 그런데 연락병이 전한 명령서 내용이 영문으로 되어 있었다. 영문을 번역하는 데 시간을 소비하고 말았다.

군단 작전회의에서는 논란만 거듭할 뿐 결론을 내리지 못했다. 사단의 철수 명령은 8월 1일, 날이 샐 무렵에 가서야 대대까지 하달되었다. 큰 혼란 속에서 철수를 개시한 군단은 그 동안 이미 후방으로 침투한 적으로부터 기습을 받고 있었다.

안동대교와 안동철교가 8월 1일 7시에 폭파되어 남쪽으로의 퇴로가 막힌 사단의 16연대 병력, 장교와 사병 8백여 명이 낙동강에 수장되었다. 전 대대에서 포로가 된 병력의 수는 확인조차 어렵다.

골든타임을 놓쳤다고 열을 올리던 미령은 몸을 카시트에 기대고 있다. 나는 창밖으로 시선을 돌린다. 승용차는 영호대교를 지났다. 강둑길은 사라지고 넓은 대로가 펼쳐졌다. 길가로 웅장한 건물이 즐비하다. 수없이 다녔던 강둑길. 늦도록 개헤엄을 치다 어둑해서야 기어올랐던 길. 그 둑길 너머 지대가 낮은 지역은 흔적도 찾을 수 없다. 저지대를 메워 땅이 도드라진 그곳은 신도시. 거대한 건물이 신기루처럼 펼쳐졌다.

도시의 모든 게 생소했다. 예전 모습은 그 어디에도 없었다. 안동에서 학창 시절을 보낸 나는 타지로 떠났었다. 캠퍼스에서의 생활을 마치고 돌아와 직장을 얻었던 곳. 강둑 아래 어디쯤엔가 철길이 있었는데… 철길도 건널목도 보이지 않았다. 어느덧 차는 고가도로를 지나 콘크리트로 개천을 덮은 복개도로로 진입했다. 도시를 가로지르던 개천은 복개도로 아래 엎드려 있다. 복개도로 양쪽으로 잘 정비된 높은 건물과 낮은 건물이 조화를 이룬다. 내가 결혼해서 살았던 기와집은 아버지가 강 건너 밭을 팔아 지은 집이었다. 그 집 뒤 창고, 탱자나무 울타리를 사이에 둔 이웃집, 경찰서. 아랫동네, 세화의 친구가 남동생과 자취를 하던 집, 그곳은 어디쯤일까? 흔적을 찾을 수 없다.

적군은 도시를 한입에 삼켰다. 포 소리와 쏘아대는 기관총 소리가 도시 안에 가득했다. 학교가, 관공서가, 향교가, 경찰서가, 기와집이 탁한 숨을 쏟아내고 주저앉았다. 내가 까까머리 아이들을 가르치던 농고 건물도 뼈대만 앙상하게 남았었다. 쇠잔한 맹수처럼 늘어져 먼지를 덮어쓴 채 신음하던 도시. 카시트에 기대고 있던 미령이 몸을 일으키며 내게 말했다.

"도시가 적의 손에 넘어간 지 6일째 되던 날 밤, 당신은 집을 나갔어. 그게 당신과 마지막일 줄 그땐 몰랐어. 은하는 포탄이 터지는 굉음에 놀라 기절한 후로 아무것도 듣지 못했어. 그 후 대포 소리보다는 새파랗게 질린 당신과 나를 보고 더 질렸어. 한동안 은하가 기억했던 건 공포에 질린 당신과 내 모습이었는지도 몰라.”

미령은 다시 세화로 돌아와 있었다.

“당신이 집을 떠나던 그날 밤 나는 죽은 듯 눈을 뜨지 못했어. 밖에서 작은 틈으로 숨어서 지켜보던 당신이 나를 지켜주지 못한다는 것을 알았어. 그날 나는 혼미해서… 그것보다는 당신이 나를… 어! 어! 은하가….”

세화는 놀란 듯 더듬거렸다. 세화의 말을 받아 은하가 입을 열었다.

“아, 그때… 난 아무 소리도 들을 수 없었어. 그날 밤 적군이 나누는 말소리가 귓바퀴를 돌아다녔어. 우우웅 우우웅. 그 소리가 여느 날보다 거슬렸어. 입을 보고 겨우 그 뜻을 헤아렸는데. 그땐 아무것도 듣도 보도 못했어. 그렇지만 그게… 그러니까 그, 어린 마음에도 좋지 않은 이 일이….”

더듬거리는 은하의 소리가 들리지 않자 운전석에 앉은 미령의 아버지가 고개를 돌렸다. 은하의 표정을 살피다 뒤에서 울리는 자동차의 경적 소리를 듣고 핸들을 움켜잡았다. 잠시 정적이 흘렀다. 미령의 아버지가 말을 꺼냈다.

“북한군이 두더지 땅굴 파듯 마구 파서 마당을 난장판으로 만들었다고 했지요.”

미령이 아버지 말에 은하는 완전히 달라진 모습이었다. 어두운 기억의 터널에서 벗어난 듯 목소리가 밝아졌다. 목소리가 달떠 있었다.

"말도 말게. 무너진 안방과 작은방, 부엌을 샅샅이 훑어버려서 기둥 두 개 외엔 남아 있는 게 없었네. 그러고도 모자랐는지 안마당을 모지락스럽게 파헤쳐 감춰두었던 그릇을 용케도 찾아냈어."

"펌프와 포도나무와 장독대 빼고 모조리 갈아엎었고 놋쇠 그릇을 다 가져갔다고 했지요."

"촛대, 제기, 식기, 향로, 요강, 세숫대야, 주전자, 그런 건 정말이지 아무렇지도 않았어. 그 뒤에 일어났던 일들에 비하면."

은하의 말을 이어 미령이 말했다.

"이웃집 할아버지는 병이 나서 도시를 떠나지 못했는데, 한약방 지붕이 폭격으로 내려앉았어. 할아버지는 다리를 다쳤지만 그 집 며느리는 죽고 말았어. 할아버지는 손녀들을 다락에 숨겨두고 내려오지 못하게 했지만, 제정신이 아닌 첫째 손녀가 집을 뛰쳐나왔어. 그날 밤 그 손녀는 목숨을 잃었어. 이틀 동안 길에 버려져 있었어. 얼굴과 가슴, 팔다리에 파편의 깊은 상처가 있었어. 창고에는 헌옷가지조차 없었어. 나는 가마니를 가져다 몸을 가려주었어. 가마니 사이로 얼굴과 머리카락이 드러났어."

미령이 잠시 숨을 고른 후 계속 말을 이었다.

"폐허가 된 도시에는 주검이 넘쳐났어. 도로에, 골목에.

개천에. 온통 주검뿐이었어. 주검은 한여름 더위에 녹아내렸어…. 많은 주검이 개천에 버려졌어. 가마니나 옷가지 사이로 머리카락과 다리가 삐죽이 나왔어. 8월의 한여름 더위에 방치된 주검은 부패했고 그 지독한 냄새는 소리 없이 도시 전체를 떠다녔어. 하룻밤 자고 나면 생사람이 주검으로 모습을 바꾸었어."

은하가 가슴에 손을 포개며 말했다.

"당시의 모습이 어제처럼 떠올라 진정되지 않아."

미령이 말을 계속했다.

"적군이 떠나자 사방으로 흩어졌던 피난민이 하나둘 도시로 돌아왔어. 사람들은 골목에서, 도로에서, 개천에서 주검을 거둬들이기 시작했어."

미령이 말을 멈추고 침을 삼켰다. 미령 아버지는 한순간 충격에 휩싸인 듯했다. 얼굴이 하얘졌다. 급하게 브레이크를 밟았다. 복개도로 한가운데 승용차가 멈추었다. 미령 아버지가 뒤돌아보며 말했다.

"미령아, 넌 도대체 누구니? 너 안에 정말로 누군가가 사는 거니?"

미령은 대꾸하지 않고 계속 말을 이어갔다.

"도시를 점령한 지 3일째 되는 날이었어, 아랫동네에 살았던 태기가 옆집 둘째 손녀를… 무참히 공중으로 사라지게 했어…. 바이올린 가방을 메고 다니는 둘째 손녀의 뒤를 태기가 쫓아다녔어. 태기가 나타나면 그 애는 질겁하고 경멸했어. 그 후 태기는 큰 도시로 학교를 옮겼는데, 4년 후 북한군이 되어 나타났어. 태기는 여자의 예민한 거기에 수류탄을 넣었다고 했어. 그래서 공중분해되었다고…."

뒤에서 경적 소리가 연이어 났다. 복개도로 초입을 달리던 승용차가 네거리에서 왼쪽으로 돌아가다가 아파트 정문 앞에 멈추었다.

"아버지, 여기가 우리 가족이 살았던 동네예요."

승용차는 오래된 낡은 아파트 단지 내를 진입해 천천히 돌다가 멈추었다. 이어 은하는 긴 사설을 풀어놓았다.

"투시 담장이 보이는 놀이터, 저기가 경찰서가 있던 자리예요…."

벙어리가 아니라 정상인이라는 것을 보여주기라도 하듯 또렷한 목소리로 들려주는 은하의 이야기를 통해 나는 미루어 짐작할 수 있었다. 은하가 어떻게 살아왔는지.

은하는 7일간의 함락이 끝난 뒤에도 부서진 기와집에서 살았다. 은하 할아버지가 남선을 떠나 산을 타고 빙 돌아 은하에게로 왔다. 도편수였던 은하 할아버지가 부서진 기와집을 보수했다. 누마루도 복원했지만 세 개였던 방이 두 개로 줄었다. 창고에 보관해두었던 재목으로 서까래를 얼기설기 얹었고 벽을 발랐다. 은하 할아버지는 그 집에서 그리 오래 살지 못했다. 4년 살았지만 시름시름 앓다가 숨을 거두었다.

의지할 곳이 없는 처지가 된 은하는 목성동 신행원[6]에서 지내게 되었다. 신행원에서 살도록 주선해준 부인은 남편을 전쟁터에서 잃은 미망인이었다. 경제적 이유로 신행원이 문을 닫고 은하는 전에 살던 기와집으로 다시 옮겨왔다.

스무 살의 은하는 기와집에 일찌감치 점유해 살고 있던, 오른팔에 금속 갈고리가 번쩍이는 상이용사와 기거했다. 상이용사는 내가 근무했던 학교의 제자 창배였다. 나는 3년 내내 그의 담임이었다. 그는 학생이기는 하나 교사였던 나와 나이 차이가 별로 나지 않았다. 그의 아내와 어린 아들은 깊은 산골에 살고 있었다. 창배는 가족이 생각나면 기와집을 방문하곤 했다. 마당에 들어오면 어린 은하를 안고 내게 넙죽 인사말을 건넸다. 사돈어른께선 그간 무탈하셨습니까? 나는 그의 너스레를 받아쳤다. 그래, 바깥사돈도 잘 지냈는가. 산골에 계시는 안사돈께서는 내 사위 잘 건사하고 있으시겠지. 그 후 나는 창배의 진화하는 농담을 맞받아치곤 했다. 창배가 고 3일 때 전쟁이 일어났다. 전교생 모두가 징집되었다. 학도병들은 총알 한번 쏴보지 않고 전투에 투입되었다. 처음 전투에 투입된 게 다부동 전투였다. 그 전투에서 많은 학생들이 목숨을 잃었다. 창배는 죽는 것을 지겹게 보다보니 죽음이 무섭지 않았다. 살고 죽는 것은 자기 손

---

6) 1962~1974년. 사회복지여성국 가정복지과에서 운영했다.

을 떠나 있다는 것을 알게 되었다. 팔이 잘려 나갔지만 어찌어찌해 겨우 목숨만 부지하고 살아남았다.

은하가 신행원에서 기와집으로 온 지 6개월 후, 창배의 아들과 결혼했다. 결혼한 지 1년쯤 지나, 은하 남편은 집 문서를 가지고 어디론가 가버렸다. 그리고 8년 만에 돌아왔다. 빈털터리가 되어 돌아온 그는 돈을 찾아내어 다시 집을 나갔다가 돌아왔다. 은하 남편이 처음부터 엇나간 것은 아니었다. 창고 위쪽 밭을 갈며 바지런했던 그가 밭을 넓히려고 땅을 곡괭이로 내리찍었다. 산기슭에 묻힌 포탄이 터졌다. 한쪽 다리와 한쪽 귓바퀴가 사라진 후부터 달라졌다. 눈은 불안으로 희번덕였다. 집으로 돌아온 후 그는 어린 연재가 지켜보든 말든 은하에게 주먹을 휘둘렀다. "병신 주제에. 재수 없어." 이를 지켜보던 연재의 할아버지가 갈고리를 치켜들고 아들을 향해 내리쳤다. 재빨리 몸을 피하자 이를 말리던 은하 머리에 꽂혔다. 머리카락 속에 흉터가 감춰져 있다. 이 모두를 지켜보며 자란 연재의 머릿속은 좋지 않은 기억들로 채워졌다.

사춘기의 연재는 자주 어머니에게 말했다. 아버지를 떠나라고. 은하는 연재를 두고 그럴 수 없다고 생각했다. 손짓발짓으로 연재를 설득했다. 어느덧 훌쩍 자란 연재는 늘 같은 말을 했지만 은하는 집을 떠나지 못했다. 어머니가 불행하게 사는 것은 어머니가 자초한 일이라고. 앞으로도 쭉 그렇게밖에 살 수 없을 거라고. 그건 남의 탓이 아니라 결단을 내리지 못한 어머니 탓이라는 말을 남긴 연재는 안동을 떠났다. 끊어졌던 낙동강 철교가 반여 년이 지난, 1951년 3월에 복구된 이래 멈춘 적이 없는 기차를 타고 갔다.

연재와 사위가 간호사로 근무하는 병원에서 은하는 귀 수술을 받았다. 수술 받기 반 년 전 연재가 은하에게 연락을 해왔다.

"꿈속에서 새처럼 조잘거리는 엄마를 보았어. 귀 수술해."

수술 후 연재의 말대로 감쪽같이 잘 들렸다. 연재의 목소리, 사위의 목소리. 미령의 목소리. 그 외 온갖 소리…. 하루하루는 소리로 가득 차 있었다. 이불 스치는 소리, 숨소리, 발자국 소리, 그릇 부딪히는 소리. 문 여닫는 소리, 고장 난 돌쩌귀 소리, 새 소리. 개 짖는 소리. 연재의 목소리는 쩌렁쩌렁하게 울렸다.

"아버지와 헤어져. 사람은 변하지 않아."

분명하고 단호한 연재. 그러나 은하는 연재의 집에 더 머물러 있기로 했다. 연재가 했던 말 때문이었다.

"헤엄치는 여자가 보여."

수술 후 말이 많아진 은하였지만, 다시 벙어리가 되었다. 연재가 죽던 그날부터. 그날 아침 연재가 느닷없이 바다에 가자고 했다. 4월 초, 아침 저녁은 서늘했다. 오후엔 바람이

인다는 일기예보가 있었다. 은하는 연재를 따라나섰다. 말리지 못했다. 그게 이상했다. 일이 그리되리라 예정되어 있기라도 한 것처럼 거스를 수 없었다. 바닷가 해파랑 길 아래 가파른 길을 내려갔다. 해수욕장이 보이는 바닷가에서 연재는 바위 앞에 촛불을 두 개 켜고 바람막이를 둘러쳤다. 기도를 올려 기를 받으려던 연재는 웃고 울고 중얼거리기를 반복했다. 바닷바람이 촛불을 껐다. 검은 심지에서 연기가 길게 피어올랐다.

"해무가 올라오네. 원래 5월에 오는데…."

해무가 길게 펼쳐진 방파제와 등대를 보며 연재가 말했다.

은하와 연재는 해파랑길을 지나 모래사장에 들어섰다. 파도가 철썩이는 젖은 모래 위를 걸었다. 은하는 무엇에 홀린 듯 걸음을 옮기며 등대로 향하다가 잠시 걸음을 멈추었다. 농도 짙은 해무가 눈에 띄게 빠르게 움직였다. 금방 고층 건물의 허리를 뱀처럼 휘감았다. 단숨에 건물을 삼킬 것 같았다. 은하는 해무가 솟아오르는 등대로 발걸음을 다시 옮겼다. 방파제 끝에 섰을 때 해무가 모래사장을 삼키고 있었다. 연재가 보이지 않았다. 은하는 모래사장으로 달려갔다. 그 어디에도 연재는 없었다. 사흘 후에 해수욕장에서 멀리 떨어진 바위 곁에 주검으로 발견되었다.

승용차는 투시 담장 앞을 떠나 아파트 단지를 나왔다. 복개도로로 다시 진입해 달렸다.

— 아, 여기다!

나는 소리쳤다. 아무리 변해도 한눈에 알아볼 수 있었다. 사범학교가 있던 자리. 그곳은 공공기관이 되어 있다. 이곳에서 학업을 마쳤지만, 미련을 버리지 못하고 큰 도시에서 학업을 계속하였다. 졸업을 하고 다시 이 도시로 돌아왔다. 이제 학교 건물의 흔적은 대부분 사라지고, 가꾸어지고 다듬어진 정원수 속에 도시를 대표하는 기관이 자리잡고 있었다.

"장모님, 전쟁 때 향교를 없애기 위해 포탄을 마구 퍼부어 댔다고 했지요."

"그랬지. 사범학교 위쪽에 있던 향교가 자취 없이 사라졌어. 사범학교에도 포탄을 쏟아부은 게지. 건물과 건물 사이에 생긴 포탄 자국은 커다란 웅덩이를 만들었어. 후에 웅덩이는 못으로 변했어. 탄지라고 불렀던 연못 위쪽에는 초등학교가 있었는데 그 탄지에서 아이들이 보물찾기놀이 하는 것을 보았어."

복개도로에서 왼쪽으로 방향을 틀었다. 승용차는 아스팔트 도로를 좀 더 달리다 아파트 단지 안으로 진입했다.

"아버지, 여기가 내가 사는 4동 현관 입구예요. 집안으로는 들어가지 않을게요. 청소를 하지 못해 지저분하고 벽지는 너덜거려요. 사람이 예순을 넘기면 귀가 부드러워진다는 말이 있잖아요. 그래서 순해진다고. 연재 아버지는 예순을 넘기자 딴 사람처럼 달라졌어요. 거친 말을 쓰지 않으니 순해지고 행동이 부드러워졌어요. 일을 해본 적 없는 사람이 어디서 일을 했는지 작업복은 땀에 젖었고, 손에는 먹을 것이 들려 있었어요. 빵, 떡, 우유. 그러다 죽기 수년 전부터는 집안일에 몰두하기 시작했어요. 내게는 청소와 빨래는 물론 밥도 못하게 했어요. 사람이 변하면 오래 못 산다고 했나요. 넉 달 전에 화장실에 쓰러져 있었어요. 그가 세상을 떠난 후 난 아무것도 할 수 없었어요. 일터에 모여 하루 종일 마늘 다듬는 일, 물에 젖은 마늘을 까느라 손독이 올라 퉁퉁 부어올라도, 한번도 쉰 적이 없는 일을, 하지 못하고 있어요."

— 그랬구나, 은하야. 힘들었구나… 힘들었어. 네게 이 말밖에 해줄 수가 없구나.

차는 허름한 건물 단지 내를 한 바퀴 돌아서 나왔다. 단지를 나오자 도로 건너편에 높은 건물들이 자리를 차지하고 있었다. 그리 높지 않은 산에 온통 나지막한 봉우리로 산을 뒤덮었던 묘지는 자취도 없이 사라졌다. 공동묘지에서 멀지 않은 명륜 뜰. 향교가 있던 곳에 집중해서 폭격을 가했던 터라 유독 사람이 많이 죽었다. 연고가 있는 사람들을 공동묘지에 임시로 매장했다. 전쟁이 끝나 옮기려고 했지만, 찾을 수 없었을 게다. 차는 시청을 끼고 돌아 복개도로로 다시 진입했다.

"아버지, 점령군이 도시를 떠난 뒤에도 도시와 개천에는 주검이 늘어났어요. 전염병이 날마다 사람을 넘어뜨렸어요. 주검을 감당하지 못했어요. 도로에, 집에, 마당에, 개천에 넘쳐났어요. 나는 못 듣고 말을 못하는 대신 냄새에 예민해졌어요. 썩는 냄새 때문에 숨을 쉬지 못했어요. 개천에 널브러져 있던 주검들. 많은 주검이 그대로 개천에 있었어요. 피난갔던 사람들이 돌아오자 폭격으로 방치되었던 시신과 전염병으로 죽은 사람들을 수레로 날랐어요. 그해 여름에 있었던 일은 그렇게 묻혔어요. 개천이 콘크리트로 단단히 씌워져서 그 모습이 잊어지듯 말예요."

은하의 말을 들으며 복개천 위를 달려가는데 앞 유리로 멀리 길 한가운데 서 있는 세화를 보았다. 세화가 두 손을 들고 서 있었다. 순간 나는 얼음이 되어 말을 할 수 없었다.

"차를 멈춰요." 미령이 소리쳤다.

그와 동시에 타이어가 도로에 긁히는 소리가 났다.

"그 여자예요! 축축한 곳에 있던 여자요."

미령이 차에서 내렸다. 나는 여전히 얼어붙어 꼼짝하지 못했다. 창으로 미령을 둘러싸는 혼령을 보았다. 혼령들이 아우성쳤다. 놀란 미령은 몸을 이리저리 비틀고, 흔들리더니 콘크리트 바닥에 넘어졌다. 승용차 코앞에 버티고 서 있는 여자의 얼굴은 안개에 서린 듯 알 수 없었다. 나는 중얼거렸다.

— 세화가 아니다. 잘못보았어.

미령의 손바닥과 무릎에서 피가 났다. 콘크리트 바닥에 거꾸러진 미령을 안아든 미령의 아버지가 떨리는 소리로 말했다.

"일요일이야, 약국 문 여는 데 없어."

은하는 편의점을 찾았다. 100미터 거리의 편의점에 들어선 은하는 연고와 밴드와 붕대를 챙겨 차로 돌아왔다. 다행히 미령이 눈을 뜨고 몸을 일으켰다.

*

영호대교를 건넌 승용차는 곧장 왼쪽으로 틀어 달렸다. 남선의 기니리 이정표가 가리키는 방향으로 접어들자 길이 좁아졌다. 기니리는 세화와 내가 태어나 자란 고향이다. 나는 내가 유년을 보낸 집과 세화가 살았던 오동나무집을 찾아보았으나 찾을 수 없었다.

"어디가 어딘지 모르겠어. 몇 해 안 본 사이 도로도 동네도 다 바뀌었어." 은하가 중얼거렸다.

차는 마을 끝까지 내려갔지만 사람이 아무도 보이지 않았다.

"개 한 마리도 없네." 은하가 말했다.

차를 돌려 왔던 길을 거슬러오니 오른쪽 길가에 2층 높이

쯤 되는 철재 구조물이 있었다. 광고판이 걸려 있는 구조물 앞에 차를 주차할 수 있는 넓은 공간이 있었다.

광고판 뒤 도랑 건너 세효각이 산기슭에 있었다. 세효각 앞 표지판은 덤산의 장지봉으로 갈 수 있다고 안내하고 있었다. 그러나 길이 없었고 사람보다 더 크게 자란 잡초가 무성했다.

"덤산으로 오르는 길은 어디야." 미령 아버지가 투덜댔다.

차는 다시 마을로 내려갔다. 마당을 기웃거리며 불러보았지만 사람 그림자라곤 없었다.

차는 다시 주차했던 곳으로 되돌아왔다. 미령 아버지가 세호각 비석 앞의 우거진 풀을 헤치고 덩굴을 걷어내고 나아가자 희미한 길이 나타났다. 가파른 길을 한참 오르자 소나무로 둘러싸인 묘가 눈에 들어왔다. 묘는 여느 묘와 달랐다. 나지막한데다 잔디도 비석도 없었다.

— 누가 헛묘를 써놓았네. 내가 말했다.

조상의 묘 아래에 두 개의 헛묘, 아카시아와 쑥이 사람 키만큼 자란 묘 앞에 미령이 액자를 세우는 순간 나는 그 묘가 세화의 묘이고 그 옆의 것이 내 묘라는 것을 알았다. 미령의 아버지가 아카시아와 쑥을 모두 캐냈고, 내 무덤에 구덩이를 판 후였다. 은하가 구덩이에 유골을 넣으려고 유골함에서 봉지를 꺼냈다. 문종이에 싸인 유골 봉지를 넣으려는 순간이었다. 미령이 은하의 손에서 봉지를 가로챘다.

"할아버지를 여기 묻어서는 안 돼요."

덤산 꼭대기 방향으로 향하는 미령을 좇아가는 미령의 아버지. 그는 반쯤 삭은 이정표의 화살표가 가리키는 장지봉을 확인하며 딸의 뒤를 따른다.

산기슭을 오르는 두 사람을 망연히 지켜보던 은하는 세화의 무덤 앞에 놓인 액자를 보고 있다. 액자 속의 루크레티아[7]가 흐트러진 옷을 추스른다. 그림 속 그녀 모습과 세화의 모습이 겹쳐보였다. 효령을 막 출발한 승용차에서 은하는 미령의 아버지가 건네준 그림을 무릎에 얹으며 말했다. 어머니는 루크레티아처럼 정숙한 아내였어요. 나는 그림을 들여다보는 은하의 얼굴이 어두워졌다고 생각했다. 은하는 깊은 생각에 잠겨 있더니 가슴 속의 것을 모조리 털어내기라도 하듯 쏟아냈다. 나는 은하의 말을 간추려보았다.

세화가 사라진 때는 전염병이 한참 돌고 있었다. 세화는 두려움에 휩싸였다. 집에서 잠을 잘 수 없었다. 딸에게 전염병을 옮기지 않으려면 결정을 내려야 했다. 네 어미는 은하네가 전염될 것이 두려워 집을 나간 게야. 할아버지가 은하를 위로했다. 전염병이 사람들의 기억에서 지워질 만큼 시간이 흐른 후였다. 은하는 할아버지가 하는 혼잣말을 들었

---

7) 로마 왕 타르퀴니우스의 아들에게 능욕당한 루크레티아는 아버지와 남편에게 복수를 부탁하고 자살한다. 그러나 민중이 일어나 타르퀴니우스가는 추방되어 왕정이 끝나고 공화제가 성립하였다.

다. 헛묘를 만들면 명이 길어진다.

어머니가 집을 나간 후, 할아버지와 은하는 안동으로 와서 어머니를 찾으러 다녔다. 누군가는 어머니가 강을 헤엄쳐 멀리 갔다고 했고, 어떤 사람은 강물을 건너다 물에 휩쓸렸다고 했다. 실성해서 터벅터벅 걸어 어디론가 사라졌다는 말도 들었다. 버스를 타고 멀리 갔다고 말하는 사람도 있었다. 은하는 어머니에 대해 하는 말, 그 모든 말을 듣지는 못해도 입을 보고 본능적으로 알아차렸다. 머리가 긴 남자를 따라갔다는 말을 들었을 때 할아버지는 벌컥 화를 냈다. 스스로 목숨을 끊었다는 이야기를 들은 은하는 속절없이 내뱉는 말들을 믿지 않기로 했다. 어디엔가 살아 있다가 나타나리라 믿었다. 어쩜 은하는 어머니가 강을 헤엄쳐 건너 외가에 가 있으리라, 그리 믿고 싶었는지 모른다. 나중에 안 일이지만 경찰이었던 은하 외할아버지와 외할머니는 벌써부터 이 세상 사람이 아니었다. 대구를 떠나 국도에 면해 있는 다부 전적지에 들렀을 때 은하는 제 외할아버지의 이름이 새겨진 비석 앞에서 눈물을 훔쳤다.

은하가 루크레티아 액자를 안고 울음을 터트렸다. 나는 울음소리에 놀라 공중으로 솟구쳤다. 더 이상 듣고 있을 수 없었다. 단숨에 높이 솟아올랐다. 나는 산기슭을 내려다보았다. 거친 숨을 뱉으며 좁은 산길을 오르는 미령 아버지가 보였다. 그런데 이상했다. 미령이가… 다시 혼절한 건가.

아니면 아까 넘어지면서 다친 데가 심해진 건가. 발목을 접질리기도 한 건가? 나는 미령 곁으로 다가갔다. 기절한 것은 아니었다. 제 아버지의 등에 업힌 미령의 미간에 두 개의 주름이 잡혔다. 신음 소리가 났다.

나는 장지봉 정상이라는 희미한 글자가 적힌 이정표 근처에 있었다. 미령과 미령 아버지가 사람들의 발길이 닿지 않아 검은 색으로 변한 나뭇잎이 쌓인 나무 계단을 오르는 것을 본다. 장지봉은 학창 시절 세화와 내가 왔던 장소다. 세화와 나는 장지봉에서 낙동강과 시가지를 내려다보았었다. 나는 세화가 산 속 바위 아래에 핀 보라색 꽃을 심이 굵은 연필로 메모지에 옮겨놓던, 그 어디쯤을 찾지 못하고 자리를 떴다.

미령과 미령의 아버지가 장지봉 정상에 서 있다. 그 아래 펼쳐진 낙동강과 안동 시가지를 바라보는 모습이 다정해 보인다. 미령이 한발에 체중을 싣고 제 아버지 쪽으로 몸을 기울인다.

"아버지, 안동에 투입된 인민군은 두 개 사단이었어요. 안동 북서쪽으로 좁혀왔고, 동쪽은 게릴라전을 펴며 다가왔어요. 전쟁이 일어난 지 한 달여만에, 그러니까 1950년 7월 30일 예천이, 7월 31일은 예안이 점령되었어요. 북한군의 도하를 저지하기 위해 안동대교와 안동철교를 끊어야 했어요. 8월 1일 7시였어요. 많은 사상자가 발생했어요. 북한군은 위력적인 전차를 앞세우고 안동 시가지를 점령했어요. 시가지는 단숨에 폐허가 되었지요."

미령의 아버지는 벼랑 아래 누운 강 그 너머로 길게 뻗은 시내를 굽어보며 입을 다물지 못한다. 잠시 후 몸을 돌려 딸을 바라본다.

"미령아!"

"네, 아버지!"

딸의 이름을 부르고 딸이 대답하는 소리를 들으며 나는 안동 시내를 바라보았다. 미령이 계속 말을 이었다.

"도시를 둘러싼 산봉우리와 산봉우리 사이로 쫓기듯 빠져나온 군인이 강에 다다랐지만, 강을 등지고 적과 마주해 죽을 각오로 싸울 군인은 얼마일까요. 더 이상 물러설 수 없는 강에서 죽을 각오로 맞붙어 싸우든지, 아니면 도망치든지. 두 가지 중 하나를 선택해야 했어요. 더 이상 물러설 곳이 없었어요. 한신[8]처럼 배수진을 치고 죽을 각오로 싸울 처지도 못되었고 나아갈 길도 물러설 길도 없는 사람들이었어요."

— 싸울 처지도 물러설 처지도 죽을 처지도 아니었다. 세화의 처지가….

세화가 처한 상황이 어제 일처럼 하나하나 눈앞에 그려

---

8) 중국 한나라의 무장.

진다. 생생해서 나는 몸서리를 쳤다. 쫓기던 군인들이 강물 속으로 사라지던 날, 내 가족은 기와집으로 돌아왔다. 그날 기와집에서 그 장소로 옮겼다. 아, 그 축축한 장소가 이제 확실해졌다. 그 허름한 곳에서 아들이 태어났다. 안동대교가 요란한 소리를 내지르며 폭파되자 남쪽으로 향하려던 피난민들은 근처 산에 올라 엎드렸다가 허겁지겁 흩어졌다. 은하가 집에 오자마자 누마루가 있는 기와집으로 뛰어갔다. 나는 기겁을 하며 은하의 팔을 잡아 기와집에서 나왔다. '경찰서 부근은 위험하다.' 세화 아버지 말이 귀에 쟁쟁했다. 창고로 거처를 옮겼다. 곧이어 도시에 울리는 굉음. 천지가 진동하는 무시무시한 소리가 가득했다. 경찰서가 사라지고 집들이 날아갔다. 탱자나무 울타리와 함께. 지은 지 한해도 지나지 않은 기와집 안방이 사라졌다. 옆집도 두 동강 났다. 파편이 창고 벽에 구멍을 냈다.

창고 바닥은 한여름 습기로 끈적였다. 아내는 무릎 위에 축 늘어진 아들을 내려다보고 있었다. 창고 벽에 깔려 죽은 아들을 안고 뜬눈으로 지새운 아내. 아내는 퀭한 눈으로 나를 쳐다보았다. 젖을 물리지 못해 흘러내리는 부연 액체로 아내의 블라우스 앞섶이 젖어 있었다. 말랐다가 젖었다가를 반복한 얼룩에서 젖비린내가 났다.

적군 병사 여섯이 마당으로 들어왔다. 넷은 지붕과 서까래가 날아가고 부엌이 훤하게 드러난 기와집으로 향했다. 둘은 벽에 들창만 한 파편 구멍이 생긴 창고로 다가오는 것이 보였다. 아내는 창백했다. '숨어요!' 아내가 내게 애원했다.

"젖을 한 방울도 먹이지 못했어요. 숨소리가 들리지 않아요."

"네 남편 어디 갔어?"

"아이가 이상해요. 한 방울도 넘기지 못했어요."

아내의 머리에 총부리를 들이대며 적의 병사가 말했다.

"어디 숨겼어!"

세화는 부푼 가슴으로 축 늘어진 아이를 꼭 끌어안았다. 마치 빼앗아가기라도 하는 것처럼.

"엄마, 제발 그만해. 이제 묻어야 해. 개를 파묻었던 그 위쪽에 묻어주어야 해."

"이 벙어리가 도대체 뭐라는 거야!"

은하를 지켜보던 병사가 밖으로 나갔다. 뒤따라나간 병사가 외쳤다.

"여긴 없습니다."

다음날 밤이었다. 기와집 다락 계단의 삼각 공간에 숨어 있던 나는 몸을 빼내 창고로 왔다. 아내가 잠시라도 잠든 때를 기다렸다가 아내 품에서 아기를 빼냈다. 아들을 안고 구름 속을 들락날락거리는 달빛을 받으며 밭으로 갔다. 수수밭 가에 묻고 있는데, 피난을 가려고 기와집을 막 떠나려던 때의 일이 스쳤다.

"아파서 참을 수가 없어. 젖을 물리지 못하겠어."

아기를 낳은 첫날에는 젖이 한 방울도 나오지 않았다. 아기가 본능적으로 줄기차게 물고 있었지만 한 모금도 넘기지 못했다. 젖꼭지를 놓친 아이가 숨이 넘어가게 울었다. 이튿날 아침에도 마찬가지였다.

"피난가야 해. 시간이 없어."

아내의 매몰찬 말에 나는 조금만 더 물려보라고 했지만 아내는 거절했다.

아내는 우는 아기를 밀쳐두고 피난 짐을 챙겼다. 마지막으로 심이 굵은 연필 한 자루와 공책을 챙겼다.

적군이 두 번째로 온 것은, 창고 지붕의 일부가 아이를 덮쳐 죽은 핏덩이를 땅에 묻은 다음날 낮이었다. 그들은 두더지처럼 앞마당을 파헤쳤다. 적군은 무너진 기와집 처마 밑에서부터 사방으로 마당을 팠다. 한참 후 적군의 소리가 들렸다.

"여기다! 흙이 잘 파여."

"궤짝이 있다."

그날 밤, 아이를 묻고 왔을 때 세화는 죽은 아이 모습을 스케치하고 있었다. 수수밭에 묻은 아들의 장례 모습이었다. 세화는 눈물이 날 때도, 배가 고플 때도, 가슴에 젖비린내가 날 때도 죽은 아들을 그렸다.

은하의 모습을 공책에 담는 날도 있었다. 은하의 일곱 번째 맞은 생일. 몰락한 도시의 아이, 그늘진 담장 아래 시들어 고개 숙인 꽃봉오리 같은 은하의 모습이 종이에 옮겨졌다.

어린 시절 세화는 덤산 기슭을 뛰어다니다가도 걸음을 멈추고 메모지에 스케치했다. 산기슭에 핀 꽃, 동네 마을길에 핀 꽃, 밭둑에 몰래 피어 있는 꽃, 화단에 핀 꽃을 그렸다. 세화의 오른손 엄지손가락은 뭉텅했다. 엄지가 움직일 때마다 빼어난 꽃송이가 탄생했다. 은하의 모습이 여느 해와 다르게, 시든 봉오리처럼 그려졌다. 아련했다. 이름도 지어주지 못한 아들이 수수밭에서 죽은 새로 그려진 날이기도 했다.

적군이 또다시 온 건 그 이튿날 저녁이었다. 셋 중 새로 온 이는 낯이 익었다. 옆집 여자애를 따라다니던 아랫동네 살았던 태기다. 그는 대뜸 "세화"라고 불렀다. 그 여자애가 어디 있느냐고 물었다. 왜 여기서 죽은 애를 찾느냐고 되묻자 세화의 손에서 연필을 빼앗아 바닥에 던졌다. 발로 밟아 뭉갰다. 그 애가 기와집을 드나든 걸 봤다며 억지를 부렸다. 그가 팔을 들어 흔들자 팔목에 있던 목걸이 펜던트가 달랑거렸다. 보라색 목걸이는 그 여자애의 것이었다.

"밤에 서성이는 그림자가 있어. 네 남편이지?"

기와집의 벽장과 벽장 옆의 다락 입구는 무너진 천정의 잔해와 긴 나무들로 가려 있었다. 겨우 비집고 들어간 벽장

안은 구멍이 생겨 다락 계단으로 통했다. 나는 밤이면 머리에 닿은 판때기가 위태한 다락 계단에서 빠져나와 창고로 왔다가 새벽이면 다시 돌아가 몸을 웅크렸다. 태기가 은하 머리에 총을 겨누었다.

"마당에서 찾아낸 것보다 더 값나가는 게 있어. 총을 내려. 며칠째 굶었어. 먹을 것을 주면 어디 묻었는지 가르쳐줄게."

부하가 주머니에서 감자를 꺼냈다.

"패물이 있는 곳을 불지 않으면 이 감자처럼 발로 뭉개버릴 거야."

감자를 발로 뭉갠 태기 일행이 막사에 복귀했다가 다음날 밤에 다시 왔다. 그날, 점령된 지 6일째 되던 날, 달도 별도 달도 없는 밤이었다.

"내일이면 이 도시를 떠나. 작별 인사하러 왔어."

세 명의 적군이 세화를 유심히 바라봤다. 젖은 퉁퉁 불었다. 세화는 부풀어오를 대로 오른 젖비린내 풍기는 앞가슴을 양손으로 감쌌다.

"네 딸은 손끝 하나 건드리지 않겠어. 패물과 도자기 궤짝이 썩 마음에 들었어. 그 답례야."

태기가 계속 말을 이었다.

"결혼 패물과 질 좋은 도자기 그릇이 갖고 싶었거든…."

부하가 세화에게 다가갔다. 세화의 팔을 머리 위로 올리더니 손목을 움켜잡았다.

태기의 상관이 세화의 발목을 발로 밟고 눌렀다. 딸을 살리고 싶으면 가만있는 게 좋을 거야. 총부리가 은하에게로 향한 채 세화의 발을 밟고 있던 상관이 말했다. 태기가 세화에게 달려가 옷섶을 풀었다. 얼굴을 파묻고 꿀꺽꿀꺽 삼켰다. 부피가 줄어들자 몸을 일으켰다. 세화의 손목을 잡고 있던 부하와 교대했다. 다른 한쪽도 쪼그라져 작아졌다.

"어쩌지, 우리가 할 수 있는 건 이것밖에 없는데. 발버둥 칠 필요 없어. 염려 안 해도 돼. 네 딸은 알아서 기절했으니."

총을 내려놓은 적의 상관이 세화의 어깨를 밀어 넘어뜨렸다. 축축한 바닥에 등을 댄 아내를 덮쳤다. 새카만 어둠 속에서 숨죽이고 지켜보고 있던 나는 분개하거나 분노를 드러내지 않았다. 비겁하게 뒷걸음치던, 그 상념이 떠오르고 그들이 나누는 말소리가 뇌리를 때릴 때마다 나는 한 사람이라도 더 많은 적을 헤치며 전진했다.

"이 에미나이 아버지가 경찰새끼디. 경찰새끼들과 군인새끼들이 했던 짓거리에 비하면 아무것도 아니디. 그렇지 않은가!"

"그렇다마다요."

*

세화에게서 달아나던 한 남자의 모습이, 얼굴이, 눈 코 입이 선명하게 떠오른다. 나는 신음을 뱉으며 공중으로 화들짝 솟아오른다. 미령이 전망대 난간에서 문종이를 펼친 순간이었다. 바람이 일었고 뼛가루가 강 쪽 허공으로 날벌레처럼 날았다. 문종이가 공중으로 날아간다.

나는 산기슭 무덤 앞에 앉은 은하를 본다. 무덤에 비스듬하게 세워진 루크레티아 액자를 반듯하게 세우고 있다. 미령이 덤산을 달리다시피 내려가다 발이 다시 접질렸는지 넘어져 나뒹군다.

"혼자 가버리면 난 어떡해요. 할아버지이…."

메아리가 산을 흔든다. 나는 덤산을 뒤로 하고 강을 향해 가며 외친다.

— 내 아내 세화! 세화를 찾아야 해.

* 『한국전쟁사』 육군사관학교 전시학과 일부 내용 참고.

하얀 단풍

하얀 단풍

단풍 든 앞산 자락이 눈앞으로 달려든다. 산 중턱에 있다는 별스러운 하얀 단풍은 어디에도 보이지 않는다. 쪽마루에 있던 나는 방 안의 기척에 움찔한다.

어머니가 윗목에 개켜놓은 이불을 베고 누우며 앓는 소리를 낸다. 아침 내내 밤 구워먹자고 조르더니 지친 모양이다. 눈에 띄게 여위었다. 얼굴에 번진 저승꽃이 유독 검다. 삭힌 고들빼기를 반으로 가르던 나는 알 수 없는 두려움에 휩싸인다. 며칠 전부터 증세가 이상해진 어머니 곁으로 바싹 다가앉는다. 앞치마에 손을 닦고 어머니의 정강이를 더듬는다. 마른 나뭇가지 같은 앙상한 뼈가 만져진다. "밤 꾸어 먹자카이!"

어머니가 일어나 앉더니 베고 있던 차렵이불을 던진다. 마늘 그릇 주위로 흩어졌던 마늘 껍질이 풀썩 일었다 가라앉는다. 오빠 생각이 나는 모양이다. 생강 껍질을 벗기던 나는 어머니의 거동을 놓치지 않는다. 치맛말기 고의춤에서 노란 고무줄이 감긴 지폐를 꺼낸다. 사방을 두리번거리더니 양말목에 집어넣고 치맛귀를 잡아당겨 발목을 감춘다.

"그럴 수 있어? 내 돈 다 훔쳐가쁘고."

변덕을 부리던 어머니가 선반 위에 얹힌 밤 봉지를 쳐다본다. 덜거덕거리는 틀니 소리가 난다. 틀니를 제자리에 넣으려고 용을 쓰다 말고 굼뜨게 일어서더니 풀썩 주저앉는다. 문밖의 나뭇가지를 흔들던 바람이 아귀 맞지 않은 문풍지를 민다. 나는 아랫목을 짚어본다. 온기가 느껴지지 않는다. 이불을 끌어당기던 어머니가 이맛살을 찌푸리며 엉덩이걸음으로 쪽마루로 나간다.

내 손놀림이 빨라진다. 손님이 들이닥치기 전에 김치를 담가야 한다. 손질해둔 고들빼기에 달여서 말갛게 받쳐논 젓국과 갖은 양념을 넣고 버무려 김치통에 빼곡히 담는다. 올겨울 내내 손님들이 즐겨찾는 밑반찬이 될 것이다. 냉장고에 묵직한 김치통을 넣고 부엌을 나온다.

해가 구름 속으로 들어가 쪽마루가 시원하다. 어머니가 하늘바라기를 하지 않는다. 나는 쪽마루에 걸터앉아 야단스레 치장한 산기슭을 찬찬히 훑어본다. 그 어디에도 하얀색은 보이지 않는다.

"엄마, 하얀 단풍 본 적 있어? 흰 나뭇잎이 매달린 나무 말이야."

"…."

"나무 이름이 참회나무래. 이름이 희한하지?"

어제 커다란 카메라를 멘 손님이 말한 대로 하얀 단풍이 드는 나무 이름을 일러준다.

"거짓말본새가 사람 잡아먹겠네. 현승이 가가 참회니 뭐니 지껄이고 절로 가더니. 문디겉은녀언."

어머니가 역정을 내며 방으로 들어간다. 무릎을 곧추세우고 앉는다. 화가 나면 무릎을 곧추세우는 버릇이 있다.

"오골계 볶음. 두 마리."

등산복을 입고 배낭을 멘 남자들이 마당으로 들어온다. 마을 위쪽 계곡에 출렁다리가 설치된 후 등산객이 늘었다.

"요새 좀 말랐네. 그래도 보기 좋은 걸."

자주색 등산복을 입고 앞장서서 들어오던 빨간 모자가 이죽거린다. 지난 번에 들렀던 낯익은 얼굴이다. 빨간 모자는 또 반말이다. 말랐다는 반말이 귀에 거슬린다. 겉으로 위하는 체하면서 남의 아픈 데를 건드리는 사람 치고 후한 사람 못 봤다. 오늘도 음식값의 우수리는 안 줄지도 모른다.

"살집 좋은 놈으로…, 매운 양념 담뿍 넣어서."

맨 뒤에 들어오던 검은 등산복이 말하고 마당 한 쪽의 비닐 천막 안으로 들어간다. 오골계 털처럼 검은 뒤통수 모습이 어디서 본 듯하다. 한때 방에 칩거하던 오빠 모습을 닮았다. 나는 여위어 흘러내리는 치마허리를 추스르며 뒤꼍으로 향한다. 뒷마당의 산기슭을 둘러싼 그물망 안에는 목털을 세우고 맞붙어 싸우던 오골계가 살진 지렁이라도 찾으려는지 흙을 파헤친다.

닭을 잡을 땐 언제나 쉽지 않다. 검붉은 울대에서 왈칵 토해낸 선혈로 흙은 붉게 물이 든다. 나는 어머니가 예전에 그랬던 것처럼 등 쪽으로 부챗살처럼 펼쳐진 날개를 밟고 서 있다. 마지막 생명의 꿈틀거림이 발 바닥에서 머리끝으로 전해지자 정수리를 얻어맞은 듯 아찔한 현기증이 인다.

털이 뽑힌 오골계의 배를 뾰족한 칼로 가른다. 뱃속에 온기가 남아 있는 내장을 훑어낸다. 오늘 따라 유독 닭 비린내가 훅 끼친다. 나는 외로 고개를 튼다. 오빠는 닭고기를 유독 싫어했다. 어린 시절 어머니의 닭 잡는 모습을 지켜본 뒤로 일체 닭고기를 입에 대지 않았다.

문이 흔들리는 소리가 난다. 방문을 차는 어머니 모습이 눈에 선하다. 신경이 방 쪽으로 몰린다. 냄비에서 수증기가 새나오면서 소리를 낸다. 살코기 냄새가 솟아오른다. 나는 한소끔 자작하게 끓이기 위해 가스 불을 줄인다.

붉은 고춧가루가 묻은 검은 살점에서 김이 피어난다. 나는 쟁반을 들고 마당을 가로지른다. 마당 한쪽의 장방형 비닐 문을 연다. 왁자지껄한 소리가 얼굴로 날아든다. 먹음직스러운 음식상 앞으로 사람들이 모여 앉는다. '다른 식당에서는 닭 서너 마리를 보란 듯이 마당 한쪽에 키우지만 실제로는 다른 곳에서 손질해온 냉동 닭을 보관했다가 끓여 내놓아요.' 하려다 그만둔다.

"몸보신에는 오골계가 최곱니다."

엉뚱한 말을 뱉고 말았다.

"어디 몸보신 좀 해볼까!"

"등산으로 땀 뺐으니 몸보신하고 밤에는 밤등산을 해야겠구먼."

굵직한 말소리와 왁자지껄한 웃음소리가 뒤통수에 달라붙는다. 쓰잘머리 없는 말을 했구나. 때늦은 후회를 하며 소주 주문을 등에 달고 밖으로 나온다.

입이 마른다. 물을 마시지만 삼키기 어렵다. 목을 누르고 겨우 한 모금 넘긴다.

살코기 두 개가 얹힌 접시를 들고 방으로 들어선다. 화가 풀리지 않은 듯 어머니는 무릎을 곧추세우고 등을 보이고 앉아 있다. 인기척에 돌아앉더니 느닷없이 주먹으로 내 무릎을 친다. 다리가 휘청거린다. 기름진 양념이 어머니 어깨를 붉게 물들인다. 바닥에 살코기가 나뒹군다. 어머니가 널브러진 살점을 주어 재빠르게 입으로 가져간다. 주름진 입가에 묻은 양념이 흉측하다. 나는 머리카락이 묻은 살코기를 줍는 어머니의 손목을 잡는다.

"이녀언이 밤도 못 먹게 하고 사람을 친다."

"밤 구울게 엄마! 오빠가 그리도 보고 싶어?"

기억이 유년 시절을 어제처럼 퍼올린다. 어린 오빠는 밤을 좋아했다. 어머니는 해마다 뒷산 기슭의 밤나무에서 턴 밤을 곳간에 갈무리해두었다가 집안 대소사 때 조금씩 꺼내 쓰곤 했다. 오빠는 어머니에게 밤 구워달라고 졸랐지만 어머니는 구워줄 짬을 내지 않았다. 밥을 뜸들일 때 오빠는 아궁이 앞에 쪼그리고 앉았다가 몰래 불 속에 묻어둔 밤을 꺼내가곤 했다. 어느 날 오빠는 칼집을 내지 않은 밤을 불 속에 묻고 나갔다. 어머니가 갑자기 들이닥쳤기 때문이었다. 어머니가 잉걸불을 들여다보며 생선을 굽는데 공교롭게 밤이 터졌다. 불붙은 밤조각이 얼굴에 튀어 눈두덩을 데었다. 어머니는 밤의 눈을 따지 않고 일부러 불 속에 묻었다며 오빠를 매질했다.

지난 번 어머니는 노란 군밤을 손에 가득 쥐고 대문을 바라보며 오빠를 기다렸다.

"내가 어예 키웠는데. 키운 정도 정이다. 왜 안 오노?"

그날 나는 다신 밤을 굽지 않겠다고 다짐했다. 내가 마당에서 숯불을 피우는 사이 어머니는 속옷을 겹겹이 껴입고 두루마리 화장지를 풀어 방을 하얗게 만들었고, 산 지 얼마 되지 않은 원피스를 가위로 오려놓았다. 그 후 궁리 끝에 어머니를 방에 혼자 남겨둘 땐 손장난꺼리인 화투와 사진을 방바닥에 흩어놓았다.

나는 수돗가에 쪼그리고 앉아 화덕에 부채질을 한다. 손님들이 번들거리는 이마를 닦으며 장방형 비닐 문을 열고 마당으로 나온다. 손님을 배웅한 후 방으로 걸음을 옮긴다. 머리카락이 묻은 살코기를 빼앗기자 고함을 지르던 어머니가 또 무슨 일을 저질렀을지 염려되었다.

방문에 붙어 있는 유리 조각에 얼굴을 대고 방안을 살펴본다. 어머니는 방바닥에 흩어진 화투와 사진을 하나하나 집어 차곡차곡 쌓고 있다. 화투 탑과 사진 탑 위쪽의 벽에 감색 재킷이 보인다. 그 곁에 보리수 염주가 걸렸다. 염주는 오빠가 소중히 여기던 물건이다. 오빠는 정말 돌아오지 않을 것이다. 오빠는 자주 말했었다. 성철 스님은 비록 아내와 자식을 버렸지만 세상을 구했다는 말을 수없이 뇌고 다녔다. 출가할 때 오빠의 심정은 어땠을까? 어쩌면 허물어질지 모르는 자신을 굳건히 세우기 위해 아득한 신앙심의 한 자락을 잡고 매달렸을지도 모른다. 오빠가 없는 집은 빈집 같았다. 간신이 매달렸던 동아줄이 끊어진 듯했다. 그해 끝 무렵 나는 결혼을 하고 어머니 곁을 떠났다. 어머니가 탑 쌓기를 그만두고 빛바랜 사진을 들여다본다. 지나간 시간을 보며 무엇을 되새김하는 걸까? 남자와 죽은 여자와 사내아이와 계집아이를 기억해내기라도 한 걸까?

화덕에서 연기가 솟아오른다. 재채기가 난다. 눈물을 훔치며 나는 부채질을 계속한다. 숯을 쌌던 거뭇거뭇한 신문지가 바람에 흔들린다. 굵은 글씨의 헤드라인이 눈에 들어온다. 산골, 빈집은 옛 말. 철새처럼 사람들이 몰려오고…. 지방 신문을 장식한 큰 활자는 이 마을에 관한 기사다. 산촌마을 빈집으로 사람들이 모여들고 있단다. 지난 날 도시에서 내려온 집주인 아들이 말했다. 낡은 집을 수리해서 자신이 식당을 운영하겠다고…. 빈집이니 얼마든지 살라 하더니 장사가 될 만하니 집을 비우란다.

고모의 소개로 두메산골에 왔다. 결혼 생활을 접고 나온 그해였다. 집은 사람이 살지 못할 것 같았다. 이십 년이나 비워 있던 집이었다. 흙벽이 떨어지고 문짝이 덜렁거리는 게 비루먹은 짐승처럼 금방이라도 쓰러질 것 같았다. 먼지와 거미줄을 뒤집어쓴 남루한 집 안팎을 손질했다. 해가 산마루에 걸릴 무렵에야 문이 제자리에 붙었다. 새 도배지로 장식한 방 두 개가 쓸 만해졌다. 마당에는 무더기진 산국과 쑥대와 잡초가 제멋대로 자라 쑥대밭이었다. 노란 국화와 쑥부쟁이, 질경이, 명아주, 강아지풀이 지천인 마당에 짐을 풀었다. 반쯤 무너진 토담을 사이에 두고 사는 고모는 집이 왠지 쓸쓸해 보인다며 문종이를 바른 문에 국화 꽃잎을 장식삼아 붙여주었다.

불꽃이 일렁이는 숯불 화덕을 들고 마당을 가로지른다. 밤나무를 스치고 지나온 바람이 불꽃 위를 휙 쓸고 지나간다. 열기가 얼굴을 확 덮친다. 화덕을 방 가운데에 놓았다.

"오늘 일 많이 했다."

어머니가 흡족한 얼굴로 탑 쌓기를 그만두고 물러나 앉는다. 창호지 문의 손때 얼룩진 유리를 통과한 빛이 탑을 비춘다. 나는 선반에서 검은 비닐봉지를 들어내고 탑 두 개를 얹는다.

지난 번에 고모가 가져온 알밤이 두 되는 족히 되었다. 뒷산 언덕바지에 갈참나무, 밤나무, 소나무가 어우러졌다. 그곳에는 손이 모자라 털지 못한 밤송이가 입을 벌려 알밤을 떨구기도 하고 통박이째로 떨어지기도 했다. 더러 썩고 얼마쯤은 다람쥐 먹이가 되기도 한다. 검은 비닐봉지에 손을 넣는다. 풀씨 같은 자잘한 벌레 알이 손바닥에 묻어난다. 밤을 비닐에 싸서 따뜻한 방안에 둔 것이 불찰이다. 밤을 신문지에 쏟는다. 알밤 여기저기에 바늘로 찔러놓은 듯 구멍이 나 있다. 벌레 먹은 밤은 비닐봉지에 따로 모은다. 어머니가 여윈 손으로 푸석한 밤을 만지작거린다. 어머니의 병증이 시작될 무렵 오빠를 찾으러간 적이 있었다. 그가 갔음직한 절을 찾아다니다 청계사에 있다는 소식을 들었다.

산등성이로 달빛이 환하게 쏟아져내리던 밤이었다. 은색 빛살이 숲속 나뭇가지 사이로 스며들어 가느다란 산길을 밝혀주었다. 나는 새가 걸어다니는 길처럼 하얗게 난 가느다란 길을 걸어올라갔다. 마치 예전에 온 적이 있는 것 같은 기시감이 들었다. 바위와 숲이 어우러진 산모퉁이를 마지막으로 돌았다. 희미한 불빛이 새어나오는 암자 모습이 그윽했다.

이튿날 새벽 눈을 떴을 때, 절에서 들려오는 범종 소리가 암자의 격자문 위로 스며들었다. 오빠는 산으로 퍼지는 법고 소리를 들으며 갈색 행자 옷을 입고 공양간에서 음식을 장만하고 있었다. 이윽고 새벽빛이 우련하게 번져나왔다. 오빠는 예전에 그늘져 보이던 눈빛은 사라지고 한결 편안해보였다. 부처 앞에 향 하나를 사르고 나서 말했다. 마음 바다에 떠다니는 낚시 미늘. 그 미늘 없애는 방법을 찾지 못했다. 다시는 나를 찾아다니지 마라. 오빠의 결심은 흔들림 없는 반석 같았다. 어머니가 화덕 곁으로 바싹 다가앉아 밤을 석쇠에 놓는다. 나는 어머니가 올린 밤을 내리고 칼집 낸 밤을 올린다. 어머니가 눈을 따지 않은 밤을 다시 석쇠에 놓는다.

"내가 밤 구울 거야!"

어머니가 언성을 높인다. 나는 어머니가 올려논 밤을 다시 꺼낸다. 단단히 잡고 둥글게 칼집을 내려고 힘을 준다. 손이 미끄러져 왼손 엄지를 스친다. 피가 솟는다. 칼을 놓고 오른손 엄지와 검지로 상처를 잡고 힘을 가한다. 세 사람이 승강이하던 일이 그제처럼 생생하다.

실랑이는 끊일 날이 없었다. 두 여자와 한 남자. 셋이서 주고받는 언성은 높았다. 안방에서 대청마루를 지나 건넌방으로 날아들었다. 거친 소리는 사내아이와 계집아이를 방구석으로 몰았다. 계집아이는 무릎을 그러안은 채 떨었다. 숨이 멈춰지는 것 같았다. 안방에서 부딪히는 소리와 새된 비명이 사내아이와 계집아이의 가슴으로 파고들었다. 내뱉는 한마디 한마디가 예리한 미늘이 되어 심장을 할퀴었다. 다툼이 격렬해지자 울음소리를 삼키고 있던 사내아이는 짐승 같은 신음을 토해냈다. 하루, 이틀, 한 달, 두 달, 한 해, 다툼은 끊이지 않았다.

그예 일은 일어나고 말았다. 해가 산마루에 질 무렵이었다. 노을이 처마를 붉게 물들이고 있었다. 이게 이래도 안 나가! 어디 내 손에 죽어봐라. 눈에 핏발을 세운 남자는 큰댁의 머리채를 움켜잡고 펌프 가로 갔다. 사람 잡네. 사람 잡아…. 마침 토담 너머로 얼굴을 들이밀고 있던 이웃 사람들이 마당으로 달려들었다. 남의 일에 덤비지 말고 모조리 나가! 술기운이 올라 불콰해진 남자는 사람들이 다가서자 냅다 소리를 지르며 큰댁을 밀쳤다. 펌프에 부딪힌 큰댁이 꼬꾸라졌다. 세상에, 생사람 잡겠네…. 머릿수건을 둘러쓴 동네 아낙이 혀를 차며 자신들의 발 앞에 넘어진 큰댁을 일으켰다. 질편한 바닥에 금방이라도 쓰러질 듯했다. 큰댁은 풀어헤쳐진 머리를 훑어내릴 때마다 빠지는 머리카락을 한 움큼이나 모아쥐었다. 이리 살아서 뭐해! 차라리 죽는 게 나아…. 큰댁이 눈물을 닦으며 사립문을 나가자 작은댁이 뒤따라갔다. 큰댁은 번번이 죽어버리겠다고 말하고 집을 나갔다가 돌아오곤 했다. 그날 이후 큰댁의 모습은 볼 수 없게 되었다. 저세상 사람이 되었다.

충격 때문인지 작은댁은 더 이상 아기를 갖지 못했다. 유산이 몇 차례 이어졌다. 작은댁은 남자가 구해온 좋다는 약은 다 먹었지만 임신 기미는 끝내 보이지 않았다. 아이를 낳지 못했다는 죄책감에선지 작은댁은 사내아이를 잘 보살폈다. 잉걸불에서 맛나게 밤을 구워 사내아이에게 건네주었다. 사내아이는 번번이 밤을 으스러뜨려 닭장에 던져버렸다. 눈에 이글거리는 불길이 주변을 태워버릴 것 같았다.

타는 냄새가 난다. 밤을 뒤집는다. 검게 탄 껍질 사이로 검은 살이 내비친다. 어머니가 입맛을 다신다. 노랗게 익은 부분을 잘라 어머니 입에 넣어준다. 건네주는 밤이 시답잖은 모양이다. 탄 밤을 연신 입으로 가져간다. 입을 오물거리자 입가에 주름이 더욱 늘어난다. 검은 반점이 얼굴에 가득하다. 남자 집으로 오기 전에 작은댁은 장터에서 닭국과 선짓국을 맛나게 만들었다. 자주 들르던 남자의 뚝배기에 고기를 듬뿍 넣어주었다. 얼마 후 작은댁은 만삭이 된 배를 안고 남자의 집으로 왔다.

어머니가 껌정이 묻은 손으로 노란 군밤 한 움큼을 허리 말기에 넣는다. 오빠가 오면 주려는 것일 게다. 오빠가 절로 간 뒤 어머니는 말했다. 이 손으로 현승이를 키웠다. 남들이 뭐라캐도 나는 잘 키우려 애썼다.

어느새 어머니가 그릇에 담긴 밤 껍질을 화덕에 모두 쏟았다. 화덕에서 매운 연기가 솟아오른다. 나는 빠끔히 열린 방문을 활짝 연다. 서늘해진 공기에 어깨를 움츠리던 어머니는 금세 콧물을 훌쩍인다. 오빠가 출가했을 때처럼 입술이 파래진다. 오빠는 오지 않을 것이다. 출가 후 그 결심을 말해주듯 책상 위에 손때 묻은 보리수 염주가 놓여 있었다. 나는 화덕을 들고 밖으로 나온다.

밤 껍질은 검고 몽몽한 연기를 피우더니 금방 불이 붙는다. 한순간에 불길이 솟아오른다. 지난해 이맘때쯤 고모네 마당에 쌓여 있던 마른 콩깍지가 불더미에 휩싸인 적이 있었다. 불이야! 고모의 외침을 들은 내가 고모네 방에서 화들짝 문을 열었을 때 어머니는 불 속으로 뛰어든 후였다. 어머니 옷에 불이 붙었다. 고모가 수돗가 고무 물통의 물을 퍼부어 어머니를 구했다. 나중에 안 일이지만 어머니는 콩깍지더미에 베개를 던지고 불상은 없애야 한다며 불을 질렀다. 일렁이는 그 불길 속에서 오빠의 모습을 보았는지 불 속으로 뛰어들었다. 머리카락이 타고 불에 덴 이마와 가슴에서 진물이 나서 한동안 고생했다. 어머니는 오빠가 남들처럼 결혼해서 토끼 같은 새끼들을 낳고 사는 게 큰댁에 대한 속죄의 길이라고 믿었다. 어머니는 오빠를 기다리다 지치면 끝내 훌쩍거리며 눈물을 보이곤 했다. 어머니가 군밤을 만지작거린다. 손에 묻은 검정으로 노란 밤이 까매진다. 어머니는 오지 않는 아들을 기다리느라 연신 문 쪽으로 눈길을 준다. 요즘 들어 어머니 증세가 아무래도 이상했다. 오늘 아침 잠자리에서 일어났을 때 반듯하게 누운 어머니의 헤벌어진 입은 푸르스름했다. 숨을 거둔 듯 숨기척이 없었다.

섬찟했다. 어깨를 흔들어보아도 기척이 없었다. 긴장하며 좀 더 세게 흔든 후에야 왜 이렇게 귀찮게 구느냐는 듯 눈을 빠끔히 뜨고 쳐다보았다. 사람이 죽으면 어떻게 될까? 죽음은 시작의 다른 모습일 뿐. 출가 전 오빠는 알 수 없는 대답을 했다.

한때 오빠는 책을 많이 읽었다. 어떤 책은 귀퉁이가 나달나달해지도록 펼쳐보곤 했다. 한동안 작은댁의 눈물을 쏟게 하던 거친 말과 증오에 찬 눈빛이 다소 부드러워졌다. 알 수 없는 기운이 내비치기도 했다. 육체의 나에 끌려다니지 마라. 정신의 나를 주시해야 한다. 어려운 글을 하얀 종이에 써놓았다. 행동과 마음으로 지은 죄의 소멸을 원으로 세우고 기도해야 한다는 내용도 적혀 있었다. 어머니는 잘못을 뉘우쳐야 한다는 오빠의 말을 듣고 역정을 냈다. 난 죄가 없다. 우예라도 니 아부지하고 잘 살아보려고 애썼다. 현승이 니한테도 할 만큼 했다. 어머니가 치마를 들쳐 허리춤에서 돈주머니를 꺼낸다. 돈주머니 속에 군밤을 넣는다. 검정이 주머니에 묻어난다.

물수건과 물주전자, 컵이 담긴 쟁반을 들고 방으로 들어간다.

"밥 안 주고 굶겨 죽일라카나!"

느닷없이 베개가 날아오는 바람에 몸이 휘청한다. 주전자 물이 바지로 쏟아진다. 뜨겁다. 바지를 내리고 쓰린 곳을 본다. 허벅다리가 벌게졌다.

냉장고에서 꺼낸 얼음 조각을 문지르자 화끈거리는 기운이 조금 가라앉는다. 밥솥의 보온 버튼이 깜박인다. 밥 냄새가 난다.

소반을 어머니 앞에 놓고 쪽마루로 나온다. 색색으로 물든 산이 가슴께로 달려든다.

*

사람들의 발길이 이어지는 등산로를 따라 발걸음을 옮긴다. 비탈진 산길과 돌계단을 오른다. 마지막 계단에 올라선 나는 거친 숨을 토해낸다. 오르막을 조금 더 올라가서 만난 긴 다리. 계곡을 가로지른 긴 출렁다리 위로 사람들이 흔들리며 지나간다. 나는 손안 가득한 밧줄을 두 손으로 움켜잡고 몸을 가누며 아래를 내려다본다. 곱게 물든 계곡이 아찔하다. 이 가을과 겨울이 지나면 어디로 나앉게 될까?

길운사 법당을 지나 언덕길을 오른다. 암자에 무진 스님은 보이지 않았다. 한 달에 한번 올 때마다 어머니 안부를 잊지 않고 물었었다. 암자를 돌아 극락굴이라 쓰인 화살표를 따라 돌계단을 오른다.

굴을 세 번 돌면 극락 간다고 전해지는 일명 구무굴. 굴 입구는 소 두 마리가 서로 머리를 맞대고 서 있는 형상이다. 나는 입구에서 몸을 둥글게 말아 굴속으로 몸을 들이밀었다. 등이 바위에 닿는다. 몸을 가장 낮춘 자세에서 자신을 바라보라는 굴. 무릎과 허리를 조금만 펴도 뒷머리가 바위에 부딪친다. 결혼한 지 4년이 지나도록 아이가 없었다. 자궁에 암세포가 자라고 있는 줄을 미처 알지 못했다. 재생 불능인 자궁을 제거한 후 1년이 지난 날이었다. 남편에게 여자가 있는 걸 알았다. 나는 몸을 가장 낮추어 바위 벽을 더듬어 걷는다. 캄캄한 벽이 끝없이 이어질 것 같은 착각이 든다.

"거기 빨리 가지 않고 뭐해요!" 누군가 외친다.

돌계단을 내려오다가 카메라를 멘 손님이 일러주었던 참회나무 군락지를 떠올린다. 큰 바위 옆 숲속으로 접어들어 잡목 사이를 지났다. 키 큰 상수리나무와 굵은 가지를 뻗은 소나무 사이에 키 작은 참회나무 군락지가 눈에 들어왔다. 군락지라고 했지만 겨우 다섯 그루 서식하고 있었다. 관목과의 진달래처럼 나지막하고 여러 갈래로 뻗은 줄기에 하얀 나뭇잎이 매달렸다. 가장자리에 잔 톱니가 있는 흰 잎사귀. 흰 이파리 두 개가 맥없이 날리는 모습을 보던 나는 참회나무 나뭇가지를 잡고 마구 흔든다. 이파리가 우수수 진다. 참회나무 군락지를 돌며 가지를 마구 흔들어댔다. 몸이 땀으로 젖었다. 나는 참회나무 주위를 돌며 남아 있는 잎을 모조리 떼어냈다. 양손 가득한 잎을 공중으로 날렸다. 시간을 오래 끈 것 같다. 허둥대며 손님을 맞는 고모의 잰걸음이 떠오른다. 나는 빠르게 산을 내려왔다.

*

방문을 연다.

"자네는 뉘 집 딸인가?"

어머니의 초점 잃은 눈과 입가에 희미한 미소가 담겨 있다. 나는 깨끗이 비운 사발과 대접, 보시기와 종지가 놓인 소반을 들고 나온다. 햇살이 마당 건너 밭머리에 세워놓은 참깨단에 어른거린다. 고모네 누렁이가 달려온다. 꼬리를 흔들어대다가 토담을 따라 자란 더덕넝쿨 아래에 다리를 뻗고 엎드린다.

해가 서산마루에 걸렸다. 고모와 함께 한아름 되는 청둥호박 한 리어카를 건넌방으로 모두 옮겨놓았다. 황금색덩이는 올 겨울 내내 부침 재료가 될 호박이다. 리어카에 마지막 남은 대파 두 단을 수돗가에 부려놓은 고모가 허리를 편다. 눈가로 땀이 흘러내린다. 고무 바가지에 물을 떠서 목에 푸른 힘줄이 솟아나도록 벌컥벌컥 들이마신 후, 햇살이 가득 담긴 손수레를 밀고 마당을 나간다. 담장의 더덕넝쿨 속에서 고모네 누렁이가 배를 붙이고 있다. 이마에 밴 땀을 팔소매로 문질러 닦은 나는 대파를 다듬는다. 하얀 속살이 드러난 파를 물에 담그니 손이 얼얼하다. 누렁이가 달려나와

꼬리를 흔든다.

마당으로 무진 스님이 들어선다. 나는 앞치마에 손을 닦으며 일어선다. 손이 가늘게 떨린다. 연한 잿빛 승려의 옷차림이 잘 어울린다. 그 모습이 오빠를 닮았다. 파르라니 깎은 머리에는 푸른 빛이 감돈다.

"보살님은 좀 어떠세요?"

목소리에 걱정스러움이 배어난다. 눈에 갑자기 눈물이 고인다. 오빠 생각을 지우며 입술을 깨물고 부엌으로 간다. 못에 걸린 수건을 벗겨 얼굴에 갖다댄다. 수건을 들고 마당으로 나온다.

"엄마!"

내 목소리가 떨린다. 방문 앞에서 문고리를 잡은 그때서야 빛바랜 사진과 화투를 방바닥에 흩어놓지 않고 나왔던 걸 알아챘다. 또 무슨 일을 벌여놓았을까? 걸신들린 듯 군밤을 입으로 쑤셔넣던 모습과 밥알 하나 반찬 조각 하나 남아 있지 않던 빈 그릇이 떠오른다. 저지레하는 어머니의 모습이 섬뜩하게 스친다.

방문을 연다. 역한 냄새가 날아든다. 코를 막는다. 어둑한 방안의 풍경이 눈에 들어온다. 베개 주변에 널브러진 일회용 기저귀, 내복, 치마, 엎질러진 주전자가 나뒹군다. 어머니의 엉덩이 아래엔 찰흙처럼 뭉개진 변이 질펀하게 번졌다. 눈자위 풀린 어머니가 밴드 감은 돈과 군밤을 만지작거린다.

“엄마!”

목소리가 날카롭다.

“춥다카이”

소리를 지르던 어머니가 문 쪽으로 고개를 돌린다. 문 앞의 스님을 한참 바라보더니 팔을 뻗어 변이 묻은 밤과 돈을 내민다.

“현승이 왔구나.”

“정신 좀 차려! 오빠 아니야!”

“이젠 속 그만 썩히고 가아… 그만 가!”

내가 수건을 쪽마루에 내팽개치자 스님이 얼떨결에 수건을 집는다. 스님의 손에서 수건을 빼앗아 방으로 들어온 나는 문고리로 방문을 걸어잠근다.

“그만 돌아가세요. 오늘은 어머니가 스님을 만나기 어렵네요.”

변이 묻은 윗옷과 속옷을 벗긴다. 악취에 숨을 쉴 수 없다. 나는 혀를 깨문다. 마치 오빠이기라도 한 것처럼 소리친다.

“이런 꼴 보려고 지금 왔어. 부탁이니 제발 돌아가.”

문이 흔들린다.

“보살님! 괜찮으세요?”

“어서 가라니까.”

“니가 왜 현승이를 쫓아내. 들어오라고 해, 어서.”

나는 어머니가 온몸에 변이 묻은 그 광중에서도 오로지 오빠만을 생각하는 사실이 믿어지지 않았다.

"엄마 눈엔 오빠만 보이지…. 오빠가 엄마한테 못된 짓 얼마나 많이 했는데…. 지난 번에 엄마가 죽네 사네 하며 그 별난 성화만 안 부려도… 난 오빨 찾으러 가지 않았어."

"이 몹쓸 년이!"

"암자 스님을 잘못 본 거야. 이젠 그만해."

흐트러진 방바닥의 옷가지와 종이 기저귀를 싼 수건을 차렵이불에 둘둘 말아 안고 밖으로 나온다. 마당은 휑하니 비었다. 스님 모습은 보이지 않는다. 나는 수돗가에서 변이 묻은 돈을 씻는다. 울컥 서러움과 괜한 원망이 인다.

"그럼, 그렇지. 오빠라면 가란다고 갈까."

바람이 세찬 소리를 내며 지나간다. 마른 들깨대를 태우던 아궁이가 매운 연기를 왈칵 토해낸다. 부뚜막 위로 불티가 내려앉는다. 연기를 마신 나는 콜록거린다. 솥에서 김이 난다. 나는 부엌을 나와 고무 목욕통을 꺼내러 창고로 간다. 산마루에 걸린 해가 지고 사방이 어두워졌다.

가슴 깊이 파인 속옷 사이로 어머니의 앙상한 빗장뼈가 드러난다. 나는 어머니의 하얀 머리를 빗질한다. 어머니의 쇄골은 술병을 이기지 못하고 일찍 저세상으로 간 아버지의 앙상한 가슴을 닮았다. 콧마루가 시큰해진 나는 어머니의 자리옷 단추를 꿰어준다. 정신이 오락가락하던 어머니가 목욕을 하고 난 후에는 어느 때보다 생기를 찾은 것 같다.

"몸뚱어리가 끝까지 짐이 되어서는 안 된다. 미련 없이 버려야 할낀데…."

어머니가 출가하기 전 오빠가 하던 말을 그대로 더듬는다. 정신이 맑아진 듯 어머니는 명치에 무엇이 걸린 듯 가슴이 묵직하다고 했다. 나는 전에 없이 가슴이 뛴다.

"나무아미타…."

어머니가 조용히 중얼거렸다.

"자는 듯이 가야 할낀데…."

들릴 듯 말 듯 입술만 가까스로 움직인다. 어머니는 두 손을 가슴에 모으고 합장한다. 처마 밑에 가랑잎이 뒹구는 소리가 난다. 바람이 문풍지를 밀고 들어온다. 어머니가 벽에 걸린 염주를 가리키며 내려달라고 한다. 나는 앙상한 어머니의 목에 염주를 걸어주고 오빠의 낡은 감색 재킷을 어머니 어깨에 걸친다. 졸음에 겨운 나는 어머니 곁에 몸을 누인다. 어머니가 이불을 끌어당겨 내 어깨를 덮어준다. 어머니의 눈에 눈물이 그렁하다.

"니이 오래비 원망 마라."

"현승이 가가 맺힌 게 많을끼다. 죄 많은 내가… 그 한을 풀어줘야 할낀데…."

어머니의 목소리가 서늘하게 가슴을 훑는다. 어머니는 큰댁이 죽은 일을… 심연에 묻어두었던 그 일을 기어이 끌어올린다.

큰댁이 집을 나간 후 어느 날 계집아이는 큰댁을 보았다. 산에 사람이… 동네 사람들이 뒷산으로 올라가고 있었다. 계집아이는 사람들을 따라갔다. 산기슭 나무에 매달린 사람을 바라보던 계집아이는 놀라 뒷걸음쳤다. 얼룩무늬 치마! 틀림없는 큰어머니였다. 나무에 매달린 팔다리는 부러진 나뭇가지처럼 늘어졌고 찢어진 치마단과 칡덩굴이 큰어머니의 목에 감겨 있었다.

"현승 어미 말이다. 눈앞에 아른거리던 지 새끼를 떠놓고 앞서가는 그 마음이 어떨노."

나는 자리에서 일어나 앉는다. 일어나려고 애쓰는 어머니를 일으켜 이불에 기대어 앉힌다. 어머니가 더듬거린다.

"내에가 주우이일 녀언이다. 그때 내가… 우쨌는지 아나? 그 어미더러… 따라가서… 죽지도 않을 거며 헛말을 달고 다닌다고… 모오진 말을… 도옥한 말을…."

기운이 쇄잔한 어머니가 요에 몸을 부린다.

"산기슭에 지천인 칡덩굴을 걷어 그 어미에게 내밀… 목 줄 여기 있으니, 어디 한번… 죽어보라고… 그 어미는 말할 기운조차 없었는데…."

나는 목이 아팠다. 손으로 목을 움켜잡았다.

"그 어미가 눈에 밟힌… 불쌍한… 이년이 지은 죄가 크다."

떨리는 손으로 어머니가 내 손을 잡는다. 내 목소리가 겨우 새나온다.

“잊어버려 엄마. 그래봤자 지금 다 무슨 소용이람.”

“고오마아압다. 너어 그 도옹안 애에 마안이 써어었….”

온몸에 소름이 섬뜩하게 끼친다. 손을 잡은 어머니 손에 힘이 풀린다. 옆으로 고개를 떨군다.

“엄마!”

울음이 왈칵 터진다. 어머니께 잘못한 일만 떠오른다. 지금껏 살갑게 대해본 기억이 나지 않는다. 집안을 복잡하게 만든 어머니를 마음속으로 업신여겼다. 죄를 받아 몹쓸 병에 걸렸고 나도 죄를 받았다는 생각이 떨쳐지지 않았다. ‘죽어, 죽어버려! 이리 살아 뭐해!’ 어머니에게 잘못한 일만 떠오른다. 늘 배고파하던 어머니. 배가 늘 등가죽에 붙었다. 이제 그 죄를 갚을 길이 없어졌다. 입이 마른다. 마른 혀가 천정에 달라붙는다.

아침 해가 새벽안개를 헤치고 앞산 위로 솟아오른다. 산 중턱에 있는 별스러운 참회나무는 그 어디에도 보이지 않는다.

푸른 서커스

푸른 서커스

"샤갈!"

그가 내 이름을 부르며 볼을 토닥여주고 그녀 곁으로 간다. 휠체어에 앉은 그녀의 무릎을 손으로 받치고 다른 손으로 어깨를 감싸며 들어올린다. 두 발짝 곁의 디딤대에 올라 내 등으로 그녀를 밀어 올린다. 안장에 앉은 그녀의 자세를 세심하게 바로잡는다. 그녀는 무겁지 않다. 사뿐히 내려앉은 새처럼 부피감도 느껴지지 않는다. 오랫동안 방에서만 지내던 그녀의 얼굴은 내 하얀 털만큼 뽀얗다. 치료를 시작하려는데 그가 내 입에 캔디를 넣어준다. 페퍼민트의 향긋함이 입안으로 번진다. 캔디에는 그녀를 부탁한다는 그의 소박한 뜻이 담겨 있다. 순백의 털 색깔이 말해주듯 나는 의리가 있는 편이다. 연약한 그녀를 내친 적 없다.

"추추춧 추추춧…."

고삐를 잡은 자칼이 내는 소리에 맞춰 나는 발걸음을 옮긴다. 맷돌을 돌리는 소처럼 하염없이 펜스 안을 걸어야 한다. 그러면 내 근육의 움직임이 그녀에게 전달된다. 그녀는 나와 똑같은 운동 효과를 얻을 수 있을 것이다.

그녀를 만난 지 두 달이 지났지만 시작은 여전히 어색하다. 펜스 안에서 원을 그리며 마냥 지루한 시간과 사투를 벌여야 하기 때문이다. 그녀를 처음 만났을 때는 신뢰나 믿음이 쌓이지 않은 상태에서 안간힘을 쓰니 나무 둥치를 얹은 것처럼 뻣뻣했다. 그러나 껄끄러운 접촉을 지속하다 보니 교감은 자연스럽게 이루어졌다. 내 곁에서 고삐를 잡고 나란히 걷던 빨간 모자 자칼이 이제는 펜스 한가운데에서 제자리를 돌며 나를 지켜본다.

"샤갈!"

조련사 자칼이 내 이름을 부른다. 중반의 지루함에 빠지지 말라는 경고다. 나는 여느 날과 다르게 기분이 가라 앉는다. 샤갈이라는 단어를 처음 들었던 날처럼.

흰 펜스 가에 둘러서서 나를 지켜보던 미대생들. 그들 중에 여자 미대생이 나를 샤갈이라고 불렀다. 코끼리 날개처럼 생소한 느낌이 들었는데, 샤갈 미술책을 든 미대생이 "푸른 서커스"라고 외쳤다. 샤갈이라는 화가가 푸른 서커스를 그렸다는 사실을 그때 알게 되었다. 표지 그림 속 초록 말의 얼굴이 우수에 잠겼다. 우수에 잠긴 말을 보는 여자 눈에 눈물이 그렁하다. 그네에 무릎을 걸고 거꾸로 매달린 여자. 푸른 색 눈물이 눈동자를 가렸다. 빨간 젖가슴이 도드라진 여자는 놀란 듯 입을 다물지 못한다. 푸른 눈물이 흐를 듯 말 듯한 초록 말과 서커스 하는 여자를 머릿속으로 그리던 나는 내 이름이 샤갈이 아니었으면 하는 생각을 했다. 슬픔은 전염되니까. 그날 연극배우이며 나의 주인인 그가 나를 샤갈이라 불렀다. 그녀가 승마장에 나타나기 전부터, 나는 그녀의 목소리에 익숙해 있었다. 우수에 젖은 목소리가 전화기를 타고 내 등으로 스며들었었다.

"추추춧 추추춧 추추추추 추추춧…."

자칼이 내는 소리가 새소리처럼 들린다. 나의 발걸음이 경쾌해진다. 핏기 없던 그녀의 뺨이 발그레하고, 이마에는 땀방울이 맺히고, 눈가에는 편안한 기색이 감도는 것을 감지한다. 이때쯤이면, 원추형 지붕이 훤히 보이는 팔각정 대기실, 탁자를 둘러싼 승마클럽 회원들의 한담이 무르녹아 간다. 물리학 교수, 판사, 정신과 의사, 철학과 교수인 수행자…. 그리고 연극배우이자 영화배우인 그를 포함한 회원들이 진지하게 대화를 나눈다. 이 시대의 문화를 담당하는 사람들과 각 분야의 전문가들을 자주 만나다보니 세월의 간극만큼 쌓여가는 건 지식이다. 넓은 식견과 깊은 사유로 채워가는 자신을 지켜보는 마음은 새로운 진리를 발견했을 때의 희열, 그 어느 것과 견줄 수 없는 환희, 뭐 대체로 그런 게 아닐까 싶었다. 사실 학자처럼 거창하게 말하지 않고 내 방식대로 표현하면 하늘을 다 가진 기분이었다. 그러나 그 기분은 오래 가지 못했다. 놀랄 만한 사건이 일어났고, 세상을 떠들썩하게 한 그녀가 이곳에 모습을 드러냈기 때문이다.

그녀를 보는 순간 단번에 나는 그녀를 알아보았다. 나의 주인과 그녀가 나누던 통화 내용이 떠올랐다. 그가 그녀와 통화하는 순간만큼은 내 존재가 투명 동물이었다. "뭐, 다녀가라고. 알잖아 몸 빼기 어려운 거." "촬영 중이야. 온 밤을 밝혀야 한다니까." "끊어!" "아, 돈 보냈어." 승마장 동산의 호젓한 오솔길에서, 승마장을 벗어나 외승을 나갔던 바닷가 근처에서 그는 통화하곤 했다. 그녀를 대하는 태도는 자신감을 넘어 자만에 차 있었다. 의기양양해하는 그의 모습을 보자 가슴 속에 알 수 없는 우려가 차올랐다. 결정적으로 그녀를 짓누르는 건 온 밤을 밝혀야 한다는 말이었다. 핸드폰 속 그녀는 의욕을 상실하는 듯했다. 전의를 잃은 무슨 말인가 들려왔으나 소리가 약했다. 나는 무한복종이라는 단어를 떠올렸다.

아득한 옛날 우리 종족은 드넓은 초원에서 마음껏 뛰어놀았다. 언제부턴가 광활한 초원 대신, 가느다란 막대가 아가리를 가로질러 통과했다. 재갈이 물려 고삐를 잡아당길 때마다 고통을 참으며 복종할 수밖에 없었다. 며칠 전 바닷가의 원자력발전소에서 방사능 물질이 흘러나왔다는 뉴스를 접한 물리학 교수가 그 위험성에 대해 말했고, 그 중 방사능 물질인 플루토늄의 치명적인 독성에 대해서 길게 말했다. 반감기란 단어가 예리하게 내 머리를 벼리고 속으로 들어왔다. 방사능 물질의 양이 처음의 반으로 줄어드는 데 걸리는 시간이 반감기이며, 그 시간은 요원하다. 우리 종족은 푸른 숲과 드넓은 초원을 마음껏 뛰어다녔는데, 차갑고 둥근 쇠가 아가리를 가로질러 통과한 후, 다시는 광활한 초원으로 돌아가지 못하고 인간에게 복종한다. 이것이 우리 종족의 반감기 요원한 플루토늄 독성이다.

연극배우인 그를 처음 만났을 때, 놀랍게도 그의 특출한 외모가 주는, 우리 종족의 표현을 빌리자면, '날개 달린 천마!' 그 한 가지 느낌으로 그에게 복종해야 할 이유가 충분했다. 내가 경주마였고 경마대회에서 두 번이나 입상했다는 소리를 들은 그는 나를 샀다. 그는 기꺼이 승마장 주인에게 비싼 마방 관리비를 다달이 지불하고 있다. 그가 나의 주인이 된 지 수 년이 되었다. 그 동안 그는 연극과 영화를 오가며 많은 상을 거머쥐었다. 치칠 줄 모르는 정열은 참으로 대단했다. 끊임없는 열정은 명예욕에서 쉼 없이 솟아나왔다. 그런 그에게 세상을 떠들썩하게 하는 그 사건이 벌어진 건 실로 안타까운 일이었다.

○○영화상 시상식 중계 화면에서 상패와 꽃다발을 그러안고 만면의 미소를 띤 그의 모습을 본 일주일 후였다. 핑크색 승마복을 입은 그를 실은 나는 쭉 뻗은 바닷가를 달음박질하고 있었다. 바지 주머니에서 폰 진동이 내 등을 끊임없이 자극했다. 그와 나의 감지능력 차이는 현저했다. 폰이 내 머릿속 신경세포를 모두 일으켜 세운 후에 그가 겨우 알아차리고 전화를 받았다. 폰 속에서 여자 목소리가 새어나왔다.

"마천루 옥탑에서 지폐를 뿌려 그 일대 도로가 마비되어…." 낯선 여자의 다급한 전갈이었다. 그는 고삐를 당겨 내 머리의 방향을 돌렸다. 승마 부츠로 박차를 가했다. 배에 통증이 왔다. 방향을 튼 나는 전력질주했다. 해송이 숲을 이루는 곳을 지나던 나는 또다시 진동을 느꼈다. 그가 이번에는 빨리 알아차리고 곧바로 통화했다. 그녀가 경찰서에 있다는 전갈이었다.

승마장에서 한동안 그를 볼 수 없게 되었다. 나는 마방에서 그가 나타날 때까지 긴 시간을 생각 속에 묻혀 지냈다. 마방의 문 위로 고개를 내밀고 마사 입구를 자주 바라보았다. 입구로 머리를 돌리는 시간이 잦아지고 급기야 머리를 자동인형처럼 좌우로 흔드는 버릇이 생겼다. 통로를 사이에 두고 마주한 빅토리아가 고개를 내밀며 말했다. "샤갈, 너어 그러다가 혼난다. 제발 고개 좀 그만 흔들어." 빅토리아의 충고가 귀에 들어오지 않았다. 몸에 기생충이 생겨 가려움증으로 오인한 승마장 주인은 갈색 약을 내 흰 몸에 잔뜩 발라 한동안 배어루러기가 된 채 독한 약에 취해 지냈다. 염색이 시간이 지날수록 탈색되듯 얼룩이 희미하게 바랠 무렵이었다. 빅토리아 주인인 정신과 의사가 전화를 받았다. 나의 주인에게서 걸려온 전화였다. 나는 그의 목소리에 귀가 번쩍했다. "와이프가 살 의지가 없어. 약을 온몸으로 거부해. 허리가 다 나았는데…. 욕창이 생겼어. 심장이 부었고." 빅토리아 주인이 잠시 주저하더니 입을 열었다. "승마 치료를 해보는 게 어때. 미국과 일본에서는 승마 치료가 일반화되어 있어. 허리 장애가 심한 사람들이 하는 승마 치료는 조련사 외에 두 사람의 보조사가 필요하지만 자네 와이프처럼 걸을 수 없는 환자는 보조사 없이 조련사만으로 충분히 승마 치료를 할 수 있을 거네. 경보나 속보는 30분만 해도 땀이 비 오듯해 샤워가 필수잖아. 자네 아내가 말 위에서 20분, 아니 7분만 버티어도 굉장히 희망이 있어. 승마를 해본 사람은 그 7분 효과를 예견할 수 있지." 통화를 마친 정신과 의사는 자신의 말을 마방에 밀어넣고 마사를 나갔다. 그로부터 5일 후 승마장에서 그와 휠체어에 앉은 그녀의 모습을 보았다.

그가 팔각정 대기실에서 벌거벗고 뛰놀던 고향 친구인 정신과 의사에게 털어놓던 이야기는 내 귀를 솔깃하게 했다. 그는 형사의 말에 따르면, 하고 얘기를 시작했다.

화폐가 도로에 날고 있다는 신고가 경찰서에 접수되었다. 경찰차가 현장에 도착했을 때 먹구름은 걷히고 바람이 불었다. 지폐가 이랑지는 파도처럼 바람의 기류를 타고 팔랑거렸다. 사람들이 지폐를 잡기 위해 뒤엉켜 아우성쳤다. 경찰차가 멈추기도 전에 경찰 한 명이 날쌘 선수처럼 점프하여 도로에 뛰어내렸다. 마로니에 가로수 사이에 날리는 지폐 잡기에 몰두했다. 또 한 사람이 뛰어내렸다. 웅켜진 가슴에는 넓적한 손 모양의 마로니에 잎사귀 사이로 지폐 속 인물이 내비쳤다. 뒤이어 도착한 경찰차에서 뛰어내린 경찰들의 저지로 돈을 줍던 경찰은 직분을 알아차렸고, 뒤늦은 현장 수습에 나섰다. 주차장을 이룬 10차선 도로는 난장판이었다. 막 산골에서 올라온 어느 순박해 뵈는 노부부의 조용한 진술에 따르면, 길을 걷다보니께 파란 채소 잎 같은 게 눈앞에 날더니 무단히 가슴에 안기는기라. 어데서 날아오는가 싶어 하늘을 본께로 잠자리 맹키로 동그랗게 돌더니만 눈처럼 바닥으로 가라앉는기라. 대학생의 차분한 진술이 이어졌다. 오만 원짜리 노란 지폐가 가로수 우듬지, 하천, 인도, 차에 떨어졌어요. 교문을 빠져나온 하굣길 학생들이 말릴 틈도 없이 가로수에 날리는 돈을 잡으려다 차도로 달려들었어요. 급정거한 승용차나 택시 운전사도 뒤늦게 뛰어들었어요. 나중에는 허리 묶인 수표가 지는 목련 꽃잎처럼 처절하게 낙하하자 멈춰선 채 발이 묶여 있던 버스 기사와 심지어 앰뷸런스 기사까지 뒤엉켜 줍기에 바빴어요.

지폐가 샘물처럼 솟아나는 진원지를 찾아 헬리콥터가 공중을 배회했다. 지폐는 초고층 마천루 55층 아파트 지붕에 설치된 테라스에서 솟아나고 있었다. 초고층 건물 아래 굽이치는 냇물은 커다란 구렁이가 꿈틀거리는 것 같았다. 며칠째 쏟아붓던 폭우는 그치고 구름이 여기저기 떠 있었다. 하늘을 찌를 듯 높이 솟은 건물, 마천루 아파트 어깨에 구름이 걸렸다. 배회하던 헬리콥터가 하강했다. 테라스에 한 여자의 실루엣이 특수요원의 시야에 들어왔다. 씨를 뿌리는 팔 동작과 흡사한 행동을 하던 여자는 일시 동작을 멈추었다. 휠체어에서 고개를 숙이고 앉은 모습이 마치 기도하는 사람처럼 보였다. 비스듬히 경사진 초록 지붕에 갈색 방부나무로 마감한 테라스는 마치 분화구처럼 우묵했다. 헬리콥터가 갈색 분화구를 조준해서 줄사다리를 내렸다. 특수요원이 줄사다리에 대롱거리며 아래를 내려다보았다. 나무에 걸린 둥지 안의 새처럼 여자는 둥지 내의 불쾌한 이물질을 버리는 몸짓을 반복했다. 그때마다 지폐가 공중에 날았다. 특수요원은 테라스 갈색 분화구에 투입되었다.

특수요원이 휠체어에 앉은 여자 뒤에 서서 바라본 도시는 마치 높은 산봉우리에서 내려다보는 듯했다. 천변도로 건너에는 조경이 잘된 생태공원이 한눈에 들어왔다. 생태공원의 초록빛과 호수가 어우러진 정경이 마치 이국 풍광처럼 생소했다. 차도에 엉킨 많은 차들과 나름 분주해진 사람이 연주하는 불협화음이 울려퍼질 만도 하건만 아무 소리도 들리지 않았다.

뉴스에서 경찰이 도마 위에 올랐다. 현장 수습은 뒷전이고 판단력이 마비된 경찰, 지폐 줍기에 분주한 모습이 클로즈업되었다. 시민 몇 사람이 뺏고 뺏기는 과정에서 폭력으로 이어진 사건도 상세히 보도했다. 여론이 들끓었다. 지폐를 날린 여자와 연극배우의 죽은 아들이 수면에 떠올랐다. 연극배우가 아들을 살해했다는 루머가 나돌았다. 여론을 의식한 경찰은 연극배우를 참고인으로 조사하기로 결정을 내렸다.

경찰서 앞에서 승용차 문이 열렸을 때 보도진들이 사방에서 섬광을 터뜨렸다. 연극배우가 뒤엉킨 취재진들에 둘러싸여 현관으로 발걸음을 옮겼다. 질문이 쇄도했다. "혼인 사실을 왜 숨겼습니까?" "아들 사망 후 가사도우미가 모든 사태를 수습했다는데 한 말씀해주십시오." "죽은 아들이 가사도우미의 가족 원부에 기재되어 있는데 어떻게 된 것입니까?" "가사도우미는 누구입니까? 누나라는 소문이 있는데 맞습니까?" "모 여배우와 연인 관계라는 소문은 사실인가요?"

경찰서 앞에 몰려든 기자들의 두서없는 질문을 헤치며 걸어가는 연극배우의 입은 끝내 열리지 않았다. 기자들의 집요해진 물음에 참지 못하겠다는 듯 잠시 멈추어 섰으나 그뿐이었다. 연극배우는 한순간 양미간이 일그러졌지만 이내 표정을 가다듬고 발걸음을 옮겼다. 조사실 안은 넓지 않았다. 사무용 책상이 네 개 있고 한 쪽에서 동료 두 사람이 사무를 보고 있었다. 연극배우는 휠체어에 앉은 여자와 가사도우미와 나란히 형사 앞에 앉았다. 가사도우미가 연극배우를 보며 다급히 변명했다. "모두 내 잘못이다. 기부할 곳이 많다며 돈을 인출했다. 그렇게 많은 돈은 안 된다고 말렸지만…. 그때 눈치를 챘더라면….”

눈매가 가늘어 예리해보이는 형사는 연극배우를 알아보았지만 무시했다. 그리고 가사도우미의 말을 잘랐다. “거기, 의자에 앉으세요. 지폐를 뿌린 장본인이 말 못하는 사람처럼 한마디도 하지 않으니…. 빨리 조사를 끝내야 하는데 이렇게 늦게 출두하면 어떡하란 말입니까?” 눈을 가늘게 뜬 형사가 연극배우에게 핀잔을 주었다. 여자는 물 만난 조개처럼 비로소 입이 열렸다. 내 이름은 수니예요. 아, 수. 수니라니까요. 수. 왜 자꾸 수라고 하세요. 아, 알았어요. 수니 씨, 수수한 여자가 왜 그런 일을 했어요. 여자의 얼굴에 일순 어이없음이 스쳤다. 형사의 얼굴에 놀라움이 번졌다. 아!

한순간이었다. 여자가 펄이 들어간 와인색 재킷 주머니에서 지폐를 한 움큼 집어 머리 위로 던졌다. 노란 지폐가 책상과 바닥으로 날리며 흩어졌다. 사무 보던 경찰 두 사람과 가사도우미가 지폐를 모아 책상에 놓고 제자리로 갔다. ‘돈 따위 필요치 않아.’ 책상 위 가지런히 놓인 지폐에 시선을 박은 여자의 눈은 그렇게 말하고 있었다. “돈이 싫어요? 돈 때문에 모두 난리를 치는데, 필요 없는 건가요.” 형사의 말을 경청하던 여자는 기다렸다는 듯 입을 열었다.

연극배우인 그가 처음 출연한 드라마로, 신인상을 받기 이 주 전이었다. 기자들이 집으로 몰려올 수 있으니 피해야 한다며 그가 그의 매니저를 통해 여자에게 비행기 표를 전했다. 이후 매니저는 네 번 방문해 독촉했다. 여자는 갓난아기를 안고 부랴부랴 외국으로 떠났다. 그가 모 여배우와 연인 사이라는 소문이 나돌 때, 각종 영화 시상식에서 상금을 받은 후, 남편은 기대에 넘칠 만큼 돈을 보내주었다. 경찰관 앞 책상에 가지런히 놓인 돈을 응시하던 여자는 천정에 공허한 시선을 옮기고 입을 다물었다. 일순 정적이 흘렀다. 형사의 잔기침소리가 나고 경찰의 숨소리가 커졌다. 여자는 결심한 듯 다시 말했다. 돈이 하이에나를 살리지 못했어요. 돈이 할 수 있는 건 아무것도 없었어요. 하이에나! 여자는 아들이 했던 것처럼 주먹쥔 팔을 흔들며 흉내를 냈다. 어머니! 하이에나 이름이 힘을 솟게 해요. 귀를 더듬이처럼 세우고 도망밖에 할 줄 모르는 토끼에게는 힘이 느껴지지 않아요? 아들은 갈색 얼룩무늬 토끼에게 하이에나라고 이름을 짓고 마냥 흡족해했다.

여자의 아들은 태어날 때부터 다리가 약했다. 거동이 자유롭지 못한 아들은 자신이 살던 시야가 넓은 미국 대륙을 그리워했다. 마천루 아파트 55층으로 이사하기 전에 살았던 13층 아파트의 시야는 완전히 막혀 있었다. 거실 블라인드를 걷으면 코앞에 와닿을 듯 앞 건물의 복도식 아파트가 한달음에 달려들었다. 복도 사람들이 불현듯 거실에 와 있다고 말하는 아들은 앞이 훤한 미국 마을로 돌아가고 싶어 했다.

미국 지도를 가로로 반 접고 다시 접어서 만나게 되는 점이 캔자스주. 그 아래쪽으로 조금 이동하면 닿는 곳 H. 그곳은 미국의 전형적인 농촌마을이다. 사방에 보이는 건 지평선. 옥수수밭과 밀밭은 바라만 봐도 속이 트였다. 막 태어난 아기를 안고 서울을 떠나 처음 LA공항에서 차로 사막을 가로질러 H에 도착했었다. 아들은 주변의 식물처럼 쑥쑥 자랐다.

천체 관측에 남다른 취향을 가진 아들은 망원경을 메고 사막으로 향하곤 했다. 봉사요원과 함께였다. 깊은 밤에 보이는 것이라곤 오직 별뿐, 수많은 별들이 쏟아져내리는 장대한 광경, 하이에나는 언제나 동행했다. 아들의 분신처럼.

여자는 장애를 가진 아들을 위해 봉사하는 이들과 학교 친구에게 한국 요리를 자주 선보이곤 했다. 음식상 앞에서 친구들의 물음은 아들을 곤혹스럽게 했다. '너희 아빠는 안 계시니? 너희 엄마와 아빠 돌아섰어?' 곤혹스럽게 하는 게 또 있었다. 여자는 미국 생활을 접고 돌아와야 했다. 여자에게 생긴 풍토병으로 온몸의 피부가 벌레에 물린 것처럼 부풀어올랐다. 견디다 못해 서울에 왔다. 오자마자 거짓말처럼 피부병 증세는 사라졌다.

뒤늦게 아들이 미국 생활을 정리하고 왔다. 그는 아들을 보러오지 않았다. 먼저 연락하면 안 된다고 하는 매니저에게 여자가 말했다. 촬영 현장에 가겠다. 그날 밤 그가 전화를 했다. "언제 와요?" "고단해." "촬영 밀렸어." "날밤을 하얗게 보내야 한다니까." "여보, 찬우가 아버지를 기다려요. 한 번도 만나지 못했잖아요." 뚜 뚜 뚜 뚜…. 이틀 후 그가 집에 왔다. 방에 들어선 그가 여자에게 말했다. 미국으로 돌아가는 게 좋겠어, 당신은 내 입장을 조금도 생각지 않아. 여자가 말했다. 아니오, 당신은 우리를 경멸했어요. 그가 차분하게 말했다. 미국행 티켓 두 장 구해놓았어. 예에! 여자는 숨이 멎는 것 같아 가슴을 부여잡았다. 일시적으로 몸이 마비를 일으켰다. 잠시 후 그의 목소리가 들렸다. 부끄러워, 정말 부끄러워. 내 아들이라는 것도, 장애를 가진 것도 있을 수 없는 일이야. 여보! 정말 너무해요. 다리가 불편해도 정신은 온전한 당신 자식이에요. 여자는 울먹였다.

문 밖에서 말을 들은 아들은 흥분했다. 휠체어를 타고 방으로 들어온 아들은 여자에게 소리 높여 말했다. 아빠에게 미련을 못 버리는 이유가 뭐예요. 어머니의 결단성 없는 태도가 화를 부를 거예요. 아버지를 떠나든지, 아님 지금이라도 어머니의 존재를 세상에 드러내야 해요. 국제영화제에서 상 받을 때까지 참으라고요? 그게 무슨 소용이 있어요! 달라질 게 뭐예요. 찬우는 주저 없이 핸드폰을 꺼내들었다. 곧바로 방송국에 전화할 기세였다. 아들 핸드폰을 빼앗아 바닥에 던진 그는 아들 품에 안긴 하이에나의 얼굴을 갈겼다. 화들짝 놀라 아들 품에서 뛰어내린 하이에나가 싱크대 아래로 재빠르게 달아났다. 하이에나를 쫓던 시선을 돌리며 아들이 말했다. 체면이 중요하죠. 자식이 부끄럽지요. 아들은 중얼거리며 휠체어 바퀴를 빠르게 굴리며 방을 나갔다. 이어 그가 출국이 6일 후라는 말을 남기고, 현관문을 소리나게 닫고 나갔다.

이튿날은 여느 날과 다름없었다. 다만 바람이 세차게 불었다. 어머니! 블라인드 좀 열어주세요. 블라인드가 열리자 어둠이 베란다 창 양방향으로 걷히면서 건너편 아파트의 복도 사람들이 코앞으로 다가왔다. 숨이 차올라요. 아들이 거실 창가 옆의 황색 미끄럼틀에서 휠체어를 타고 단숨에 미끄러져 내려왔다. 잠시 후 건너편 아파트 복도 사람들의 모습이 사라진 후 팔에 힘을 주어 다시 경사진 곳을 올라갔다. 미국에서 처음 휠체어를 타고 미끄럼틀을 오를 때에 아들은 여자에게 밀어달라고 했다. 팔 근육을 키우는 바벨을 구입한 후, 언제부턴가는 미끄럼틀을 곧잘 올라갔다. 능숙하게 오르내리는 아들을 지켜보며 여자는 하이에나의 머리를 긁어주었다. 기분이 좋아서 이를 뽀드득 갈던 하이에나. 세찬 바람이 북쪽 베란다와 주방 사이의 문을 소리내어 닫았다. 놀란 하이에나는 여자의 품에서 벗어나 미끄럼틀 옆 화분 뒤로 달아났다. 미끄럼틀 위 휠체어에서 하이에나를 찾던 아들의 모습이 보이지 않았다. 여자는 찬우가 미끄럼틀 위에서 상체를 거의 난간 밖으로 내밀고 아래를 내려다보는 모습을 보지 못했다. 여자는 평소 아들에게 주의를 주었으므로, 여자가 우려하는 행동을 아들이 했으리란 상상은 하지 않았다. 하이에나가 눈앞에서 사라졌다 다시 나타나듯이 아들이 모습을 드러내리라 믿었다.

여자는 아들이 죽을 이유가 없다며 섬망증 환자처럼 몸을 떨며 불안해했다. 주인 없이 덩그러니 놓인 휠체어와 미끄럼틀과 바벨을 여자는 그렁한 눈으로 바라봤다. 아들을 잃은 후 여자는 가사도우미가 마련한 마천루 아파트로 거처를 옮겼다. 아들이 그리도 바라던 앞이 훤한 곳이었다. 아들 모습이 눈앞에 그려지는 밤이면 여자는 가슴에 불이 붙는 것 같았다. 하늘 테라스에 올라갔다. 갈색 테라스에서 윗옷을 벗어들다 손에서 놓쳐버린 날이었다. 곤충의 날개처럼 얇은 옷은 바람을 타고 날아갔다. 여자는 옷을 하나씩 벗어던지기 시작했다. 스커트, 란제리, 브래지어, 마지막 남은 한 조각의 천마저 벗어 날렸다. 머리, 가슴, 다리로 투명한 달빛이 내려앉았다. 달빛에 음모가 반짝였다. 여자는 막힌 자신의 자궁이 측은하다는 생각이 들었다. 의자에 드러누웠다. 달빛이 선홍빛 동맥을 타고 몸 구석구석 튕겼다.

그가 늦은 밤 마천루 아파트에 방문한 날이었다. 문소리를 들은 하이에나가 천정이 높은 복층 구조의 다락방 앞 철제 난간 사이로 고개를 내밀었다. 하이에나를 발견한 그가 거실 계단을 거쳐 다락방 앞의 거실로 올라갔다. 탄성의 한

계를 넘은 철제 케이지가 구겨지는 소리가 났다. 그가 하이에나를 안은 채 철제 난간에서 거실을 내려다보고 있었다.

주방에서 신경안정제를 삼키려던 여자는 둔탁하게 떨어지는 것과 동시에 신음소리를 들었다. 놀란 여자는 입에 것을 토했다. 하이에나가 거실 바닥에 널브러졌다. 여자는 난생처음 하이에나의 비명에 찬 소리를 들었고 고통으로 찡그린 얼굴을 보았다. 단발마의 외마디가 여자의 가슴에 고였다. 실수였어. 실수였다고! 거실을 내려다보며 그가 외쳤다. 여자의 내부에 갇혀 있던 어두운 그림자. 죽은 하이에나의 모습에 아들의 주검이 겹쳐졌다. 13층 아파트에서 떨어진 아들은 화단에 쓰러져 있었다. 쏟아진 피가 화단의 부러진 꽃송이 위에 엉켰다. 두개골 골절이었다. 마음을 가다듬은 여자는 수건으로 주검이 된 하이에나를 감쌌다. 하이에나를 안은 여자는 아들이 상체를 난간 밖으로 내미는 습관때문에 당한 사고라고 믿었던 자신의 생각을 수정했다. 당신이 아들을 죽인 거야. 현관을 나가는 그의 등에 대고 말하고 싶었다. 화단 구석에 하이에나를 묻고 온 여자는 뜬눈으로 밤을 지새웠다.

이튿날이었다. 여자는 침대 옆 탁자 서랍에서 알약을 꺼내 한 움큼 삼켰다. 무심한 듯 가사도우미는 방에 들어서면서 말했다. 들어오면서 보니까 33층에 이사 오네요. 비가 올 것 같아요. 저번에 우리가 이사 오던 날, 비 때문에 고생한 거 생각하면 남의 일 같지 않네요.

여자는 다락으로 올라갔다. 다락방 앞 거실에 찌그러진 빨간 케이지를 보는 여자의 미간에 그림자가 드리워졌다. 바람을 쐬고 싶다는 여자의 성화에 하늘 테라스까지 부축해주고 돌아서면서 가사도우미는 말했다. 바람이 차요. 곧 내려와 올케. 감기 들지 몰라. 가사도우미는 비틀거리는 여자를 미덥지 못한 눈으로 바라보며 곧 내려오라는 다짐을 주고 계단을 내려갔다. 여자는 하늘 테라스 아래를 내려다보았다. 생태공원의 호수와 불어난 냇물과 도로의 일부는 구름에 가려 보이지 않았다. 안개구름이 해무처럼 높이 피어오르며 움직였다. 마치 백옥같이 보드라운 천이 나풀거리는 것 같았다. 여자는 포근한 천에 몸을 말고 싶다는 생각에 휩싸였다. 졸음으로 자꾸만 내려감기는 눈꺼풀을 겨우 밀어올리고 나무 의자에 올라섰다. 구름 속에서 아들과 하이에나가 여자를 손짓하며 애타게 부르고 있었다. 천천히 하늘 테라스 갈색 난간을 넘었다. 눈을 감은 여자는 슬며시 난간을 잡은 손을 폈다. 어린 여자의 엄지에 눌려 있던 검지가 튕겨나가며 부딪힌 앙증맞은 돌이 고즈넉한 어느 마당 가운데로 떨어지는 찰나였다. 마천루 아파트 앞 상승하던 고가 사다리의 매트리스가 55층에서 낙하하는 여자의 몸을 받았다. 33층까지 올라온 매트리스에 떨어진 몸뚱이는 다시 낙하하여 이삿짐 차의 이불에 정확히 널브러졌다. 여자는 다리와 허리를 다쳤지만 생명에는 지장이 없었다. 아들 곁으로 가고 싶다고 말한 여자는 마치 누군가가 일부러 살려두는 것 같다고 술회하며 지루한 진술을 마쳤다.

한참 숨을 고르던 여자가 형사의 얼굴을 응시하며 덧붙였다. 돈으로 내가 할 수 있는 건 아무것도 없었어요. 여자의 말이 끝나기 무섭게 그가 답했다. "나는 돈만 주면 내 할 일을 다 한 줄 알았어." 연극배우는 대사를 외듯 내뱉고 조사실을 나갔다.

"샤갈."

자칼이 내 이름을 다시 부른다. 마지막으로 피치를 올리라는 뜻이다. 그녀를 실은 등에 땀이 밴다. 드디어 그녀는 나의 경쾌한 발걸음에 맞춰 리듬을 탄다. 그녀의 아픔이 희석된 듯 이젠 편안해보인다. 그녀와 나는 한마음이 된다. 물결에 따라 가볍게 너울거리며 윈드서핑 하듯 부드럽게 몸을 움직인다. 어느덧 조련사의 목소리는 새가 된다.

"추추추 추추추 추추 추추 츳츳츳…."

그녀를 지켜보는 나의 기대처럼 몸은 균형을 찾아가고 근육이 내는 부드러운 소리는 영혼의 명상곡이 될 것이다. 그녀도 언젠가는 조련사처럼 부드러운 새소리를 내고 주변 사람들, 특히 그와 조화를 이룰 것이다. 성급한 욕망은 금물이다. 결국, 소통의 시간 누적이 모든 것을 원만하게 해결한다는 믿음은 그만큼 중요하다.

"샤갈."

자칼이 내게 다가온다. 나는 펜스 문 앞에 선다. 드디어 오늘의 힐링 치료는 끝이 났다. 팔각정 대기실에 모여 앉은 사람들의 기나긴 담소는 더 이상 진행되지 않는다. 맨 먼저 일어선 사람은 철학과 교수다. 정신과 의사는 그를 수행자라 불렀다. 시승을 거절해 붙여진 이름이다. 수행자는 한번도 말을 타지 않았다. 정신과 의사와 친분이 있어 방문한 수행자가 연극배우에게 조언을 아끼지 않았다. 정신과 의사를 향해 못마땅해하며 한마디 던졌다.

"속세에 끌려다니지 말게나."

수행자는 정신과 의사와 영원한 이별이라도 나누는 듯 작별 인사를 하고 팔각정 대기실을 나온다. 수행자를 보니 팔각정 대기실의 벽 한 면을 차지한 TV 속 장면이 떠오른다. 기자회견장에 나타난 그의 모습은 왠지 초췌해보였다. 그는 상의 안쪽 주머니에서 꺼낸 종이를 폈다.

'가정을 이끌어가려면 어떻게 해야 하는지? 그런 의문 한번 가져보지 않은 채 가족이 생겼습니다. 가정이란 말을 타는 것과 다르지 않다고 생각합니다. 말을 움직이게 하는 방법은 제각각입니다. 새처럼 소리를 흉내내기도 하고 음악처럼 휘파람을 불기도 하지요. 때론 가느다란 채찍 끝의 열을 이용하기도 합니다. 저는 가정이라는 말을 움직이기 위해 쇠꼬챙이를 사용했습니다. 코끼리처럼 가죽이 두꺼운

동물을 길들일 때 이용하는 쇠꼬챙이를…. 가정이란 말을 움직이게 하는 데는 격려가 깃든 엄정한 노래가 필요하다는 걸 몰랐습니다. 소리의 다양하고 혹독한 구사로 땀방울을 뚝뚝 흘리면서도 자신의 근육이 단련되어 뭔가에 기여할 수 있다는 기분이 들도록. 그 고마움의 가락이 뼛속 깊숙이 메아리치도록 해야 한다는 것을 그땐 알지 못했습니다. 저는 메아리나 울림이 되는 모든 감동이나 배려의 음향을 없애버렸습니다. 자칫 잔인해질 수 있는 물리적인 힘으로 가족을 움직이려 했습니다. 치명적인 무기가 되어 결국 치유할 수 없는 상처를 남기게 되었습니다. 당시에는 최선이라 여겼습니다. 만용이라는 독성 강한 스트론튬. 그게 나의 반감기 요원한 독성입니….'

기자회견장에서 끝내 말문이 막혀 말을 잇지 못하는 모습을 보며 나는 처음으로 인간들이 측은하다고 생각했다. 만물의 주인이라고 하는 인간의 삶이 고뇌의 연속이라는 결론을 내렸다. 팔각정 대기실에 앉아 있던 다른 사람들도 일어나 나갈 준비를 한다. 수행자를 뒤따라나간 정신과 의사는 구보를 하려고 동산으로 향한다. 늦게까지 앉아 있던 나의 주인과 판사가 자리에서 일어선다. 판사가 근심어린 그의 얼굴을 보며 말한다.

"너무 걱정하지 마세요. 사건이 검찰에 송치되더라도 교통 방해와 화폐 유기한 죄는 적용되지 않습니다. 어떤 장애

물로 도로를 직접 가로막은 것도 아닌데…. 걱정하는 것처럼 여론이 좋지 않은 상황이긴 합니다만. 그 사건으로 몇 사람이 다쳤으나 댁의 아내는 심신장애 치료를 받고 있는 상태라 정상 참작이 될 겁니다."

말을 마친 판사는 서슴없이 걸어나가다 잠시 멈칫하고 한마디 남긴다.

"상당한 액수의 범칙금도 마련해야겠지요?"

열병을 앓는 사람처럼 흥분한 그는 아직도 더 물어볼 게 남아 있는 듯했다. 판사 뒤를 따라나가던 그는, 마장 마술을 마치고 나오는 판사의 아내에게 다가가는 판사의 뒷모습을 아쉬운 듯 바라보았다.

"샤갈."

그가 내 이름을 부르며 볼을 토닥여주고, 두 발짝 곁의 디딤대에 올라섰다. 내 등의 그녀를 두 팔로 껴안아 휠체어에 앉힌다.

"당신, 오늘 치료는 어땠어?"

늘 그랬던 듯 그녀는 말이 없다.

"심장의 부기가 빠졌대. 혈액에 기름이 많이 끼어 있었는데, 이젠 걱정하지 않아도 돼."

"…."

그녀는 여전히 말이 없다.

"대뇌도 발음기관도 정상인데, 언제까지 마음을 닫을 거야. 어!"

"…."

"말 좀 해봐."

"…."

"샤갈!"

그녀가 내 이름을 부른다. 나는 놀라 그녀를 본다. 그녀 눈에 눈물이 그렁하다.

"그는 매니저가 쓴 반성문을 그대로 읊었어."

그네에 다리를 걸고 매달려 서커스 하는 여자처럼 눈물이 눈동자를 가렸다. 빨갛고 동그란 가슴을 드러낸 여자 마냥 입을 다물지 못한다. 나는 우수에 잠긴, 눈물이 흐를 듯 말 듯한 말이 되어 그녀를 느낀다. 나는 그녀에게 말한다.

"삶은 서어커어스."

* 샤갈의 「푸른 서커스」 해설 일부 인용.

산천어

산천어

사라졌다. 날개가 있어 날아간 것은 아닐 테고 다리가 생겨 기어간 것도 아닐 텐데 감쪽같이 사라졌다. 재물대와 실험대 위, 심지어 현미경을 들어 그 바닥까지 살펴보았지만 보이지 않았다. 채 선생은 분명히 플라나리아를 샬레의 물속에서 붓으로 건져내어 유리판 위에 얹어두었다.

실험대 아래를 살펴보았다. 알찬의 빈 의자만 눈에 들어왔다. 몸을 일으키자 교실 뒤쪽에 둘러선 참관인의 굳은 표정과 마주쳤다. 참관인들의 시선은 자신들이 들고 있는 학습지도안과 실험대에 둘러앉은 아이들 머리 사이를 오갔다. 수업 참관인으로서의 의무를 다 하고자 쉼 없이 무언가를 기록했다. 그들은 의식적으로 수업 발표를 하는 교사에게 눈길을 붙박지는 않았지만 굳게 다문 입과 침묵으로 행동을 주시하고 있다. 채 선생은 손 안에 든 분필을 엄지로 눌러 연신 분질렀다.

실험대를 두드리는 소리가 들렸다. 채 선생의 눈길이 참새조인 성태에게 쏠렸다. 연필을 세워 실험대를 두드리던 성태의 손짓이 멈칫했다. 성태 녀석! 녀석은 왜 실험대열에서 제멋대로 이탈했을까? 현미경으로 플라나리아의 생김새를 관찰한 후, 절단해서 샬레에 넣으라고 설명했었다. 입으로 배설하는 모습이 아무리 보고 싶어도 그렇지, 유리판 위에 그대로 두어서 이 사단을 벌이는지. 실험에 열중했더라면 조각난 채로 물 속에 가만히 있었을 텐데.

사라진 플라나리아는 죽었을지도 모른다. 그렇더라도 흔적은 남아 있을 것이다. 교사용 지도서를 몇 번이나 들여다보았지만 유리판 위에서 그 짧은 시간에 사라진다고 적힌 곳은 없었다. 순간이동을 했을 거라 믿은 것도 아닌데, 말이 안 되는 것을 알면서도 채 선생은 실험대 서랍을 열었다. 원통형 상자에서 비어져나온 하얀 거름종이와 푸른 색 붉은 색 리트머스 시험지를 되작였다. 서늘한 감촉이 손에 닿았다. 바싹 마른 개구리였다. 다리가 후들거렸다. 주저앉을 것만 같았다. 알찬의 자리인 빈 의자를 끌어당겨 앉았다. 망원경 렌즈에 눈을 갖다댔다. 물방울이 증발한 자국 같은 흔적만 유리판에 얼룩덜룩 남아 있었다. '알찬이 녀석.' 무심히 뱉으려다가 말을 삼켰다.

어제 퇴근할 무렵이었다. 복도 북쪽 창가에서 알찬은 다슬기가 기어다니는 플라스틱 수조를 기울여 플라나리아가 들어 있는 수조에 쏟아부었다. 그때 별로 대수롭지 않게 여긴 게 탈이었다. 혹시나 싶어 아침 일찍 수조를 살펴보았다. 플라나리아는 눈에 띄지 않았다. 다슬기는 쉴 새 없이 매끈한 수조를 기운차게 기어다녔다. 다슬기가 플라나리아를 잡아먹어버린 모양이다. 겨우 살아남은 플라나리아 두 마리가 작은 돌과 물풀 사이로 몸을 웅크리고 있었다. 비둘기조, 참새조, 까치조에 세 마리씩 분배하려던 계획은 황망히 변경될 수밖에 없었다. 비둘기조의 인원을 분산해서 참새조와 까치조에 합류시켰다.

플라나리아가 한 마리씩 담긴 샬레를 각 조의 실험대 위에 놓았다. 그 한 마리씩 배당받은 참새조의 플라나리아가 유리판 위에서 감쪽같이 사라진 것이다. 아침의 그 불길한 조짐을 예감하고, 관찰에 임하는 행동을 철저하게 지켜보았더라면 이런 불상사는 일어나지 않았을 것이다.

절단하기 전, 아이들은 유리판에 있는 플라나리아의 모습을 현미경으로 관찰하고 있었다. 참새조의 성태가 현미경의 접안렌즈에 왼쪽 눈을 가까이 대고 회전판을 조절했다. 반사경에 비치는 빛 때문에 채 선생은 눈이 부셨다. 성태가 외쳤다.

"선생님, 하얀 배에 있는 입이 항문 같아요."

"플라나리아는 배에 입이 있으나 항문은 없어요. 먹은 것을 어디로 내보낼까요?"

"입으로 똥을 눌 것 같아요."

와르르 자갈 쏟아지는 소리가 교실을 메웠다. 입으로 배설하는 모습을 아무리 보고 싶어도 계속 유리판 위에 두지 마세요. 동강 내서 샬레의 물속에 넣어야 합니다. 공기 중에 오래 두면 어떤 일이 일어날지 모른다고, 그렇게 못을 박아야 했다. 아이들을 믿어서는 안 된다. 특히 실험할 때는 더욱 그렇다. 조그만 부주의로 위험한 일에 부닥치거나 돌발 상황이 일어날 수 있다. 가열을 하는 실험이라면 부주의로 알코올램프가 실험대에서 낙하해 폭발할 수도 있다.

"플라나리아는 재생력이 매우 강한 하등동물입니다. 여러 동강으로 나누어도 재생됩니다. 암수 한몸인데 둘 혹은 셋으로 나누어져 무성생식합니다.

"선생님, 무성생식이 뭐예요?"

호기심 많은 성태는 평소에도 난감한 질문을 해 곤욕을 치르곤 했었다. 결혼을 하지 않은 사람은 아기를 가질 수 없는 것과 같은 이치라고 설명하고, 화제를 돌리려 했다.

"우리 누나는 결혼 안 했는데 아기를 가졌어요. 아부지하고 엄마하고 하는 소리 다 들었어요. 그럼 플라나리아는 결혼도 하지 않고 아기를 낳는 거네요."

아이들이 또다시 자갈 쏟아지는 소리를 냈다. 수업이 어수선해졌다.

"도막난 플라나리아가 새 생명으로 탄생되는 과정을 관찰하므로 생물이 자기와 닮은 개체를 만들어 종족을 유지하는 현상…." 난감한 상황을 구제한 것은 까치조의 반장이었다.

"선생님! 이상해요, 동강을 내도 피가 나지 않아요."

까치조에서는 면도날로 유리판 위의 플라나리아를 세 동강 낸 후였다.

"조각난 플라나리아를 핀셋으로 집어 물이 담긴 샬레에 넣었어요."

까치조의 조장 목소리가 우렁찼다.

"선생님! 유리판 위에 있었던 플라나리아가 없어졌어요."

그때, 참새조의 성태가 소리를 내질렀다.

때를 기다렸다는 듯 섬광이 터졌다. 순간, 아찔했다. 본교에서 출장나온 시청각 담당 교사가 카메라 셔터를 연거푸 눌러댔다. 얼떨떨하고 난처한 채 선생이 교육 홍보용 피사체 속에서는 참교육을 실천하는 자신감 넘치는 교사의 모습으로 변모될 것이다. 그럴듯한 명목으로 공개수업을 하라는 지시가 있을 때마다 보이지 않는 힘에 등 떠밀려 무대에 오른 것 같았다. 장학지도를 나온 장학사, 그들도 저항할 수 없는 거대한 힘에 밀려 여기 산골짜기까지 왔을 것이다. 아이들의 허름한 차림과는 비교되지 않을 만큼 말끔하게 차려입은 그들. 상위 직책이라는 이유만으로 교사들은 반쯤 얼어버렸지만, 플라나리아를 잡으러갈 때만 해도 기대에 차 있었다.

아침에 한 차례 내린 소나기로 한낮의 갑사리 숲은 푸르게 빛났다. 깊숙한 계곡의 검푸른 숲속 사이를 흐르는 물은 유난히 맑았다. 보석처럼 투명했다. 찰랑거리며 부서지는 물결이 산천어 비늘처럼 반짝였다. 손바닥만 한 돌을 들추었을 때 플라나리아가 눈에 들어왔다. 플라나리아는 산천어나 열목어, 빙어처럼 일급수 청정수역 아닌 곳에서는 살지 못한다. 최근에는 계곡 물마저 오염되어 산천어의 수가 점점 줄어들고 있다는 말을 들었다. 아이들이 돌 밑에 붙어 있는 플라나리아를 투명한 사각 수조에 담았다. 자두만 한 돌을 수조에 집어넣기도 했다. 돌 틈에 물풀도 심었다. 음성 주광성走光性인 플라나리아가 돌멩이와 물풀 사이로 몸을 숨겼다. 검은 천으로 사각 수조를 둘러쌌다.

복도 쪽에서 조심성 없는 발걸음 소리가 들려왔다. 뒤이어 반쯤 열려 있던 교실 앞쪽 문이 활짝 열렸다. 참새조의 빈 의자 주인인 알찬이 손톱을 물어뜯으며 교실로 들어왔다. 커다란 눈, 부릅뜬 눈이 일시에 알찬에게 쏠렸다. 알찬은 놀란 듯 마룻 바닥을 울리며 걷다가 장승처럼 우뚝 섰다. 잠시 후 느닷없이 몸을 돌린 알찬이 실험대 앞에 앉은 성태의 머리채를 두 손으로 움켜잡고 의자에서 끌어내렸다. 성태는 상체를 수그린 채 가쁜 숨을 몰아쉬었다.

"이 손 놔!"

알찬의 손을 잡은 채 선생이 외쳤다.

"점마가 또 저래!"

"저러다 얻어터지기나 하면서."

"이 무슨 일이야?"

아이들의 목소리에 참관자의 굵은 목소리가 섞여들었다. 알찬은 움켜잡은 두 손을 힘껏 내리눌렀다.

"반장!"

채 선생이 외쳤다. 생활지도가 엉망이군. 따위의 험악한 소리가 참관자의 입에서 터져나올 것 같은 분위기다. 까치조에 앉았던 덩치 큰 반장이 성큼성큼 걸어나왔다. 알찬의 등을 주먹으로 내리쳤다.

"억!"

알찬이 신음소리를 내며 움켜잡은 손을 폈다. 반장이 알찬의 어깻죽지를 낚아채 밀쳤다. 덩치 큰 힘에 밀려난 알찬은 씩씩거렸다. 마룻 바닥에 무릎을 대고 있던 성태는 몸을 일으켰다. 시뻘게진 얼굴로 사방을 두리번거리다가 실험대 위의 사각 수조를 덥석 들어올렸다. 반장이 머리 위로 높이 쳐든 성태의 손을 붙잡았다.

"똑똑한 사람이 참는다. 넌 알찬이보다 똑똑하잖아!"

반장은 채 선생이 자주 쓰던 말을 그대로 성태의 귀에 대고 소곤거렸다. 평소 알찬은 별 이유도 없이 힘이 약하거나 자기보다 힘센 아이에게 달려들었다. 때문에 힘이 약한 아이들을 많이 울리기도 했고, 힘이 센 아이에겐 얻어터지기 일쑤였다. 알찬의 얼굴에 할퀸 상처는 아물 사이가 없었다. 난장판이 된 교실에서 코피가 터지도록 맞붙어 싸울 땐 채 선생은 말릴 재간이 없었다. 오히려 두 사람의 힘에 떠밀리거나 발길질을 당할 때도 있었다. 힘이 센 아이에게 알찬이 당하고 있을 땐, "똑똑한 사람이 참는다. 넌 알찬이보다 똑똑하잖아." 귓속말을 하면 대부분 아이들은 슬그머니 알찬을 놓아주었다. 그러나 약한 아이가 알찬에게 잡혔을 땐 다른 방법을 찾아야 했다. 알찬이 창가에 놓아둔 난 화분을 던지던 날, 반장에게 넌지시 일렀다.

"알찬이가 잘못을 저지르거나 약한 아이를 괴롭힐 때 네가 제압해. 그러면 다소곳해질 거야. 강한 주먹을 사용해서는 안 돼."

너무 거칠게 대하면 아이들을 피하고, 결국 학교에 나오지 않을 것이다. 계곡 물이 오염되면 산천어 같은 생물을 더 이상 볼 수 없게 되는 것같이 알찬은 곧장 사라지고 말 것이다. 알찬에게는 청정 일급수 같은 터전이 필요하다. 아이들은 여전히 가정에서나 학교에서 사라졌다. 거칠기 이를 데 없는 험한 환경에 던져진 아이들은 뒷골목을 누비기도 하고 보육원이나 소년원 문전을 제 집처럼 드나들면서 살아갈 것이다. 동생처럼. 단 하나의 혈육인 채련에게 청정 일급수 같은 환경이 되어줄 방법을 알지 못했다. 오래 전에 동생이 집에서 사라졌다.

"성태야, 똑똑한 사람은 참는다. 넌 똑똑해."

반장이 다시 한번 말했다. 반장에게 잡힌 팔을 빼내려고 애를 쓰던 성태는 어쩔 수 없이 팔을 내렸다. 채 선생은 성태의 손에서 수조를 받아들었다. 마음을 가라앉힌 성태는 더 이상 분을 드러내지 않았다. 팔뚝으로 이마에 맺힌 땀을 쓱 문지르며 제자리로 돌아갔다.

"박알찬! 의자에 가 앉아!"

알찬은 꿈쩍하지 않았다. 질책의 소리가 들리는 것 같았다. 참관자의 얼굴이 젖은 종이처럼 구겨졌다. 생활지도가 되어 있지 않군, 하는 말이 그들의 입에서 튀어나올 것만 같았다. 가까이하지 마세요. 그래봤자 괜한 고생이지. 정서장애인데다 생활이 거칠어 전 담임이 기겁을 했답니다. 담임인들 별 수 있어요. 봄에 가정방문을 마치고 돌아왔을 때 동료 교사가 했던 말이다. 알찬을 처음 만난 그 무렵, 채 선생은 나름의 꿈이 있었다.

학년 초. 기대와 설렘 속에서 만난 아이들의 머릿수가 기록상의 숫자와 차이가 났다. 결석한 학생의 기록부 내용을 대략 간추려보았다. 박알찬. 남, 10세. 모, 사망. 조손가정. 주변과 조화가 되지 않음. 출결석 란에 출석한 날의 숫자가 29였다. 새 학년이 되고 4주가 되도록 의자의 주인은 나타나지 않았다.

알찬의 집을 방문했다. 계곡물이 내려다보이는 동네였다. 마당에 들어섰을 때 얼굴이 툽상스럽게 큰 아이가 들마루에 엉덩이만 걸친 채 밥을 먹고 있었다. 다른 아이들에 비해 몸집이 작은 아이는 웅크린 채 이마로 흘러내린 머리칼을 쓸어올렸다. 좁은 이마가 눈에 들어왔다. 왠지 낯설지 않았다. 노인이 펌프가에서 채소를 자배기에서 건져올리고 있었다. 채 선생과 반 아이를 본 노인이 일어섰다. 선상님이라고? 허리가 반으로 접힌 노인이 손으로 마루를 훔치며 앉을자리를 마련했다. 눈가가 짓물러 벌겠다. "네가 알찬이구나?" 알찬은 숟가락을 소반에 놓았다. 슬금슬금 뒷걸음치다 밖으로 나가버렸다. "원래 저렇게 수줍음이 많아요?" "뭐라고요? 내가 귀가 어둡고 눈도 침침해요." "또래끼리 놀게 해줘야 하는데요." 노인의 귀에 대고 소리를 지르듯 말했다. "아버지가 계시는데, 할아버지가 알찬을 데리고 계시네요." 말없이 쳐다보는 노인의 눈길에는 별 것 다 물어본다는 속내가 묻어났다. 학생에 대해 어느 정도 알고 있어야 학교 생활에 도움을 줄 수 있어요. 잠시 주저하던 노인이 입을 열었다. 알찬은 제 어미가 죽는 모습을 지켜보았어요. 알찬이 아비와 어미가 줄낚시 놓다가 보트가 뒤집혀서 그만…. 알찬은 제 어미를 도와 노를 젓겠다며 기어이 따라나섰어요. 노인은 말을 잇지 못하고 잠시 숨을 몰아쉬었다. 알찬이 아비가 공장 기계에 다리 하나 잘린 후, 계곡 물에서 보트를 타고 줄낚시를 놓아 겨우 살아갔어요. 생떼 같은 마누라를 물귀신 만들었다며… 눈물을 찍어대더니, 그 길로 집을 나갔요. 그래도 지 새끼가 있으니, 어디서 뭐를 하다가 맘이 내키면 집이라고 들어와서는 아이고 내 자슥! 하면서 아들을 끌어안은 채 뒹굴다가 술을 마셔댔고, 네가 네 엄마를 죽였어. 네가 보트에 타지만 않았어도…. 하지 말아야 할 말을 내뱉고, 인사불성이 되어 빈 술병처럼 방구석을 구르다 휑하니 나가버렸다오. 지금쯤 아마 잉어나 자라, 가물치 판 돈으로 소주에 절어 있든지, 아니면 계곡 바닥을 후비며 엎드려 있을지 모르지요. 어쩌면 그 인사 어디서 뒈져버렸는지 누가 안답니까. 노인은 눈물을 찔금거리며 엉두덜거렸다.

"박알찬, 서 있지 말고 의자에 가서 앉아."

채 선생은 무르춤하니 눈만 껌벅이는 알찬을 참새조의 빈 의자에 앉혔다.

*

빈 교실은 여전히 어수선하다. 햇살 속으로 먼지가 떠다녔다. 수업의 마지막 마무리를 어찌했는지. 플라나리아의 삼각형 머리, 평평하고 길쭉한 몸이 어떻게 재생되는지 그 모습을 관찰 기록하도록 일렀는지, 관찰일지는 이삼 일 간격으로 기록하도록 일렀는지 희미했다. 채 선생은 등받이에 몸을 기댔다. 몸이 뒤로 기울어지자 옆구리가 아팠다.

얼마 전 아동 의자에서 넘어졌다. 교실 뒤쪽 긴 줄에 모빌을 달려고 의자 위에 깨금발을 하고 있었다. 슬며시 다가온 알찬이 의자를 밀었다. 나동그라지면서 책상에 부딪혔다.

남쪽 창가에 놓인 화분이 눈에 들어온다. 알찬을 만나고 5일째 되던 날 노인의 손에 이끌린 알찬이 교실에 들어왔다. 노인이 가져온 난 화분. 야생 란을 통풍이 잘 되는 곳에 두고 정성껏 들여다본들 꽃을 피울 수 있을까. 교실에 둔 식물 대부분은 시들어 말라버렸다.

알찬은 벙어리도 아닌데 말을 하지 않았다. 학교 생활에서 지켜야 할 최소한의 기본 습관이 되어 있지 않았다. 수업 시간에 소리를 지르거나, 남의 학용품, 책을 빼앗아 시비를 걸었다. 쉬는 시간이면 곧잘 주변 아이들에게 달려들었다. 아이들과 맞붙어 싸울 적마다 채 선생은 제대로 말리지도 못했다. 마음이 늘 조마조마했다. 알찬이 차돌을 움켜쥔 주먹으로 반 아이들의 등을 후려치기도 했고 손톱으로 할퀴어 얼굴에 상처를 냈다. 새파래져서 달려온 학부형과 분교 부장 앞에서 거듭 사과를 해야 했다. 알찬의 자리를 교실 중간쯤의 위치에서 교탁 앞으로 옮겼다.

체육 시간에 나무 위에 올라앉았던 알찬이 어느새 내려와 체조를 하고 있는 채 선생의 등을 주먹으로 쥐어박고 도망쳤다. 불쑥 쓴웃음이 나왔다. 어쩌면 처음부터 무모한 시도였는지도 모른다. 이젠 도저히 참을 수가 없다. 동화책을 읽어주는 일도 앞으로는 없을 것이다.

알찬에게 들려주던 동화. 풀안경, 춤추는 눈사람, 치르치르와 미치르. 동화 듣기를 좋아한다는 것을 알게 된 것은 그나마 다행이었다. 행동의 변화를 바라는 것이 얼마나 어려운 일인지 실감하던 차에 동화에 흥미를 보인 알찬의 태도에 안도했다. 오전 수업뿐인 수요일 오후에 동화 들려주는 일을 몇 달째 계속했다. 동화를 듣는 알찬은 잠시나마 얌전했다. 쉴 틈 없이 밀려드는 업무를 보거나 자리를 비우면 소리를 질렀다. 그럭저럭 세 달이 지나자 그제야 미니 콤보넌트 오디오 플레이어의 전원 플러그를 꽂고 동화책을 펼쳐놓은 다음 채 선생을 기다렸다. 직원회의가 있는 날은 회의를 마칠 때까지 교무실 창문으로 들여다보며 기다렸다. 한 선생이 채 선생 바라기가 왔다고 놀렸다.

조용했던 교실이 화들짝 열리는 문소리로 요란하다. 알찬이 교단을 지나 다가왔다. 교사용 의자 뒤의 캐비닛에서 플레이어를 꺼내 책상에 올려놓았다. 채 선생은 자리에서 일어나 눈길을 창밖으로 돌렸다. 전교생이 오전 수업으로 끝난 수요일, 운동장과 운동장 한쪽의 물가 바위들이 하얗고 나른했다. 플러그를 꽂고 플레이 버튼을 누르는 소리가 들렸다. 기계음에서 들려오는 높은 대화 소리가 오늘 따라 귀에 거슬렸다. 채 선생은 정지 버튼을 누르고 플러그를 뽑아버렸다. 의아해하는 알찬을 일으켜 세우고 손을 잡아당겨 문으로 끌고 갔다. 문밖으로 밀어내고 미닫이문을 닫았다. 문이 덜컹거렸다. 채 선생은 두 손으로 문을 꽉 잡고 안간힘을 썼다. 문을 열려는 완력이 느껴졌다. 버텼다. 멀어지는 발자국 소리가 났다.

문을 살며시 옆으로 밀어보았다. 알찬의 뒷모습이 보였다. 그 전처럼 엉덩이와 바짓가랑이가 노랗게 젖어 있진 않았다. 고약한 냄새가 고여 있지도 않았다.

"얼레리꼴레리 또 쌌어요. 얼레리꼴레리 반편이 보세요." 화단 앞에 예닐곱 개의 고만고만한 머리 가운데 솟은 알찬. 꼬마들에게 둘러싸인 알찬은 다리를 엉성하게 벌리고 천치가 되어버린 듯 서 있었다. 동생은 가끔씩 사람들에 둘러싸여 구경거리가 되었다. 동생이 바닥에 몸을 누인 채 떨며 토해낸 토사물을 닦아내듯이, 알찬을 계곡물에 밀어붙이고 물을 퍼부었다.

의자에 몸을 기댔다. 솜씨자랑 란에 매달린 종이반죽으로 만든 탈이 눈에 들어온다. 하얀 입술에 헝클어진 머리칼, 희번득한 눈. 동생을 닮았다.

하얀 눈이 마당을 덮었다. 어머니의 주검이 마당에 있었다. 밖에서 숨을 거둔 어머니는 방으로 들어올 수 없었다. 방에는 친척이 와 있었다. 마당에서 떨고 있던 동생 얼굴이 하얘졌다. 동생을 데리고 뒤꼍으로 갔다. 갈참나무 몇 그루를 지났다. 소나무가 웅크리고 있었다. 무서워! 동생이 그리 말하는 것 같았다. 저기 움막 보이지, 거기 가면 안전할 거야. 눈발은 굵었다. 소나무 가지 위에 눈이 무겁게 얹혔다. 가지가 흔들리며 풀썩 눈뭉치를 떨어뜨렸다. 머리 위로 눈가루가 떨어졌다. 동생의 손을 잡아당겼다. 조금만 참아! 움막까지 가기에는 늦었다. 동생은 쓰러졌다. 팔다리가 굳어지기 시작했다. 온 힘으로 사지를 떨며 뻗대기 시작했다. 백태 낀 눈동자가 뒤집어진 채 허공을 응시했다. 몸이 흔들렸다. 뻗은 다리의 근육이 심하게 요동쳤다. 발부리로 흰 눈과 언 땅을 문지르며 이를 갈았다. 입가에서 하얀 거품이 나왔다. '채련아!' 동생의 이름을 삼켰다. 채은이 할 수 있는 일은 아무것도 없었다. 눈꽃 가지 사이로 뚫린 하늘을 올려다보았다. 구름이, 회색 구름이 채련의 몸과 팔, 얼굴에 내려앉고 있었다.

동생은 죽은 듯 미동도 하지 않았다. 동생의 볼과 입을 닦은 손수건을 말아쥐었다. 채련아, 집에 가자. 손을 잡아 앉혔다. 제정신으로 돌아온 동생. 눈을 멍하게 뜬 동생은 자신이 왜 여기에 있는지 의아해했다. 잠시 후 툭툭 털고 일어나 아무 일 없다는 듯 앞장서서 걸어갔다.

수업참관협의회가 열리기 1시간 전이었다. 협의장소인 6학년 교실로 향하던 채 선생은 멈추어 섰다. 발길을 가로막은 것은 협의장소 바로 옆 반, 5학년 교실에서 새어나오는 소리였다.

"교육이 제대로 되겠어요?"

본교 교감의 목소리다.

"교사의 사전실험은 필숩니다."

본교 과학주임도 한 몫 거들었다.

"철저한 준비를 했다고 들었습니다만."

분교장 주임의 목소리는 가라앉아 있었다.

"분교장 선생님들은 본교에서 실시한 사전실험 전달연수회에 참석하지 않았습니까?"

"수업 발표 지시가 내려올 때마다 채 선생이 수업을 했고 언제나 열성적이었습니다."

애써 옹호하는 분교장 주임의 목소리가 떨렸다.

"채 선생! 어서 와 도와주세요. 시간 없어요."

6학년 교실에서, 협의장소가 되도록 아동 책상을 U 자로 배치하던 한 선생이 복도를 내다보며 말했다.

*

참관협의를 마친 채 선생은 제일 먼저 협의장소를 빠져나왔다. '수업자'라고 궁체로 쓰인 장방형의 손바닥만 한 종이가 삼각으로 세워진 책상 앞에서, 생활지도와 인성지도는 평소에 어떻게 했는지, 소신을 제대로 피력했는지, 장학사와 본교 교감과 본교 과학주임의 쏟아지는 질문 공세에 무슨 답변을 어찌했는지 도무지 기억나지 않았다. 공개수업이 끝날 때마다 자질과 능력 문제, 성과 여부로 번번이 저울질당한 것 같았다. 아, 자꾸 허방을 짚은 것 같은 생각이

들었다. 실적, 성과 그 어떤 제도 앞에서 겉옷이 들추어져서 속옷이 드러난다. 자신과 세상에 대해서 늘 할 말이 많았는데. 수많은 말들이 꽉 다문 이빨 안에 갇혀서 우우거릴 뿐 한마디 변명도 하지 못했다.

*

태양이 열기를 운동장에 뿌린다. 매미 울음소리가 시끄럽게 들려왔다. 화단에 줄지어 핀 빨간 샐비어 꽃이 유독 붉다.

"채 선생님!"

현관을 나와 운동장으로 내려서는데 한 선생이 불러세웠다.

"채 선생, 미안해요. 과학주임이 과학연구원에서 연수받은 내용을, 겨울방학 때 본교에서 전달 연수받았는데, 선생님께 전하지 못했어요. 저 때문에."

산후휴가를 마치고 출근한 한 선생은 죄지은 사람처럼 안타까움이 배어났다. 채 선생은 물어보려다 말았다. '샬레의 물에 있던 플라나리아는 그대로 있는데 유리판 위에 둔 플라나리아는 순식간에 사라졌나요? 실험하기 직전에 먹은 노란 계란 한 점을 흔적처럼 유리판 위에 남긴 채 온 데 간 데 없이 자취를 감추었나요? 사라지는 데 걸리는 시간은 몇 분 정도였나요?'

한 선생이 안타까운 듯 채 선생을 바라보다가 입을 열었다.

"지금 어디 가요? 곧바로 천 씨 집으로 가세요. 회식에 주인공이 빠지면 안 돼요."

출산 후 처음 출근한 한 선생에게 뭐라 말을 해야 하지만, 못 들은 채 그대로 걸어나왔다. 게양대 아래 쭈그리고 앉은 알찬의 모습이 눈에 들어왔다. 한 줄기 더운 바람이 얼굴에 확 끼쳤다. 게양대 끝을 올려다보았다. 까마득하다. 어디로 발을 옮겨 디뎌야 할지 망설였다. 채 선생은 운동장을 나왔다.

계곡의 자갈길을 걸었다. 뒤에서 소리를 죽이며 다가오는 소리가 들렸다. 돌아보지 않아도 발소리 주인공이 누군지 안다. 발을 빠르게 옮겨놓았다. 따라오는 발걸음이 빨라졌다. 채 선생은 발걸음을 멈추었다. 소리가 멈추더니 다시 들려왔다. 슬그머니 다가와 손을 잡았다. 두툼한 손을 뿌리치며 발걸음을 더 바삐 옮겼다. 알찬이 오늘 따라 이토록 지겨울 수가 없다.

녀석은 좀처럼 여교사를 혼자 두지 않았다. 교무실로, 사택으로, 마을로 그림자처럼 따라붙었다. 등으로 진땀이 흘렀다. 천형의 병과 싸우던 동생처럼 마치 운명과 싸우는 듯한 형벌이 되풀이되는 게 견딜 수 없다. 계곡 길을 빠르게 걸었다.

발자국 소리가 들리지 않았다. 뒤를 돌아보았다. 저녁놀을 받으며 알찬이 저만치 서 있었다. 냇가의 물이 어지럽게 소리를 냈다. 체육시간이면 이따금 물놀이를 했다. 아이들이 물고기를 낚으려고 냇바닥을 온통 헤집고 다녔다.

알찬이 절벽 아래 소沼를 향해 둑길 아래로 달려갔다. 물가에 검은 튜브 두 개를 묶어 만든 보트가 보였다. 기다란 널판때기 두 개가 가로로 걸쳐져 있다. 알찬이 널판때기에 앉았다. 노를 저어 나가자 보트가 기우뚱해졌다. 알찬의 빙긋이 웃는 입가에 자신감이 내비쳤다. 보트가 천천히 절벽 쪽 깊은 곳으로 향했다. 노 젓는 소리만 들렸다. 절벽까지 갔다가 돌아서 물가로 왔다. 알찬이 보트에 오르라는 시늉을 하거나 타라는 말은 없었다. 타라고 권유를 받았더라면 체머리를 흔들었을 것이다. 채 선생은 보트에 올랐다.

마주 보고 널판때기에 앉았다. 소 한가운데에서 풍뎅이처럼 보트가 제자리를 맴돌았다. 알찬이 일어서서 소용돌이를 보고 있었다. 채 선생이 몸을 일으켜 알찬을 밀었다. 뒤로 넘어지면서 물속에 잠겼던 알찬이 시야에서 멀어졌다. 채 선생은 언젠가 유원지 보트장에서 보트를 탄 적이 있었다. 유유히 노를 저었다. 저녁 햇살이 밝았다. 햇살이 매끈한 바위와 돌 사이로 물고기 비늘처럼 부서졌다. 산그늘이 지는 물속에 손을 담그고 헤엄쳐다니는 물고기 떼를 바라보았을 때처럼 채은의 마음이 고요해졌다.

"이제 틀림없이 솟아오를 거야."

혜엄을 치며 알찬이 물가로 나왔다. 머리를 좌우로 흔들자 물방울이 날아와 채은의 콧등을 적신다. 바위에 널린 그의 젖은 옷에 투명한 빛이 스민다. 바위에 앉은 알찬이 천천히 머리를 앞으로 숙이다 말고 화들짝 놀라 고개를 들었다. 얼굴이 다시 무릎에 닿으려 했다.

"박알찬."

눈을 감은 채 여전히 느린 고갯짓을 한다.

"산천아!"

알찬이 화들짝 고개를 든다. 가는 눈과 이마 위로 동생의 얼굴이 겹쳐졌다. 동생을 어찌 저리도 빼닮았을까. 얼어붙은 땅과 흰 눈을 발부리로 후비던 동생. 어느 날, 집을 나간 동생은 주검이 되어 돌아왔다. 동생을 가슴에 묻은 후 깊은 산골마을로 자청해왔다.

측백나무 울타리로 둘러싸인 사택이 어둠 속에 낮게 엎드렸다. 빛이라고는 반딧불을 닮은 달빛이었다. 알찬이 채 선생의 손을 잡아끌었다. 방구석으로 채 선생이 양말을 벗어던졌다. 산천이가 구석에 힘없이 앉아 있다.

라면과 식은 밥덩이를 함께 내놓았다. 산천은 볼이 미어지게 면을 입안으로 밀어넣었다. 국물마저 달게 훅 들이켰다. 입가로 국물이 흘러내렸다. 산천은 냄비 바닥에 남아 있던 면발 한 가닥을 무심히 들어올려 채 선생의 입에 갖다댔다. 채 선생은 머리를 흔들었다.

'일급수 청정구역에서만 사는 산천어.'

알찬이 마지막 한 가닥과 국물을 삼켰다. 손등으로 입을 문지르고 빈 냄비 바닥을 들여다보며 입을 다셨다. 선부른 변화나 기대는 하지 않았다. 다만 눈앞에서 증발하지 않기를 바랐을 뿐이다.

일상의 너머, 집을 꿈꾸다

—『구름그림자 흐르는 강』을 읽다

황현희/ 문학평론가

일상은 불안을 장전한 새처럼 흔들린다. 안전하리라 믿는 일상이 타인의 존재에 의해 그 지층에 균열이 생기면 인간은 일상 너머를 꿈꾼다. 무의식이 존재를 추동하고 욕망이 존재를 뚫고 나온다. '나는 내가 존재하지 않는 곳에서 생각한다, 고로 나는 내가 생각하지 않는 곳에 존재한다.' 라캉의 이 말은 의식적 주체의 부정이다. 오히려 욕망과 무의식이 존재를 결정한다는 것이다. 진실은 의식이 아니라 무의식 속에 있으며, 무의식이 존재의 근간이라는 프로이트의 생각을 라캉은 지지한다. 인간은 결코 '사유 = 존재'라는 등식이 성립하지 않는 욕망하는 존재라는 것, 오직 애매모호함만이 존재의 진실이라는 것. 어떤 관계도 영원하지 않고, 어떤 존재도 무의식에서 자유롭지 않다. 가족이 가장 가깝지만 가장 먼 관계인 이유는 현존이 무의식의 지층 위에 구축된 욕망의 집합체이기 때문이다.

1. 기억 속의 집 허물기 - 당기면서 밀어내는 기억들

「산천어」는 과거의 기억 속에서 도돌이표를 반복하는 인물의 갈등이 주된 모티브이다. 기억은 무의식의 저장소이자 해독 불가능한 책이다. '어느 날, 집을 나간 동생이 주검이 되어 돌아왔다.' 동생을 가슴에 묻은 후 '동생에 대한 기억에서 도망치고자 깊은 산골로 자청해' 채 선생은 들어왔다. 그곳에서 동생과 닮은 '알찬'을 만난 순간부터, 부재하는 것을 붙들고 싶은 욕망과 존재하는 것을 부재로 돌리고픈 욕망은 서로 자리를 바꾸며 그녀를 괴롭힌다. 바짓가랑이에 오줌을 지리는 알찬과 '백태 낀 눈동자가 뒤집어진 채 허공을 응시'하며 '다리의 근육이 심하게 요동'치던 동생은 서로 닮았다. 그림자처럼 자신을 따라다니는 알찬이 사라지기를 바라면서도 사라짐을 두려워하는 채 선생의 행동은 의식과 무의식이 교차하는 내면을 고스란히 드러낸다.

알찬은 걸핏하면 아이들에게 달려들어 상처를 낸다. 알찬에게 '상처'는 존재 증명처럼 보인다. 이런 알찬을 채 선생은 '청정 일급수 같은 터전이 필요'한 '플라나리아'로 생각한다. '재생력이 매우 강한 동물'인 플라나리아처럼 알찬은 거칠고 강하지만 순수해보인다. 채 선생은 자신이 '청정 일급수 같은 환경'이 되고자 한다. 동생에게는 이런 '환경이 되어

줄 방법을 알지 못했'기에 더욱 알찬에게 정성을 기울인다. 사라진 플라나리아처럼 알찬도 사라질지 모른다. 알찬에게 정서적 치유와 절대적 지지를 보내며 채 선생은 알찬의 마음이 머물 한 채의 집이 되려 한다. 이럴수록 채 선생은 의식으로는 알찬을 끌어당기면서도 무의식으로는 끝없이 밀어내는 행동을 한다. 과거는 무의식이 되어 채 선생을 끌어당긴다. 알찬은 그 무의식이다. 동생의 존재를 되비추는 닮은 꼴, 알찬.

「산천어」가 '기억 속의 집 허물기'라면 「하얀 단풍」은 '기억 속에 집짓기'라고 할 수 있다. 하얀 단풍의 다른 이름은 '참회나무'. 치매기가 있는 어머니는 손에 군밤을 가득 쥐고 대문간을 바라보며 오빠의 귀가를 기다린다. 군밤이 익는 과정은 '거친 말과 증오에 찬 눈빛이 다소 부드러워'지는 과정과 닮았다. '단풍 든 산'을 보니 '눈에 이글거리는 불길이 주변을 태워버릴 것 같았'던 오빠가 더욱 생각난다. '동아줄'이었던 오빠가 떠나버린 후 '빈집' 같은 집을 지키며 나는 어머니를 모시고 산다.

어머니의 병증이 시작될 무렵, 나는 오빠를 찾으러 청계사에 간다. 오빠는 "다시는 나를 찾아다니지 마라"라고 나에게 말한다. 불길에 베개를 던지며 '불상은 없애야 한다'며 콩깍지에 불을 지른 어머니의 행동은 오직 오빠의 귀가를 바라는 심정에서 비롯되었다. 어머니는 작은댁이었고 오빠는 큰댁의 아들이었다. 자신의 말 한마디 때문에 큰댁이 목을 매었다고 믿는 어머니는, '오빠가 남들처럼 사는 게 속죄의 길'이라고 믿는다. 자궁 제거 이후 남편의 바람기로 이혼한 나는 두메산골 외딴집, 어머니 곁으로 왔다. 불임의 자궁과 불모의 자궁을 가진 모녀의 삶은 서로 닮았다.

다시 절을 찾지만 나는 아무도 못 만난다. '자신을 가장 낮춘 자세에서 바라보라는 구무굴'에서 돌계단을 내려오다 나는 참회나무 군락지를 찾는다. 참회나무의 가지를 잡고 힘껏 흔들며, 하얀 나뭇잎 하나가 대롱거리자 나뭇잎 하나를 입으로 부는 나. 아무리 낮추어도, 더 이상 낮출 수 없는 자신의 삶은 계속 하강곡선을 그린다. 심연에 묻어둔 큰댁의 죽음을 이야기하며 어머니는 속죄를 한다. 이어서 "고오마아압다. 너어 그 도옹안 애에 마안이 써어었…"라고 하며 죽는다. 늘 배고파하던 어머니에게 불효한 일들만 떠오르는 나의 삶은 앞으로 어떻게 될까. '하얀 잎 하나 없이 알몸으로 서 있는 참회나무', 나는 빈집으로 남았다.

「기차를 기다리는 시간」은 부부 사이의 균열에 대한 이야기다. 나경과 남편의 사이를 비집고 들어온 타인들로 인해 부부 관계는 숨겨진 균열을 드러낸다. 균열은 겹으로 이뤄져 있다. 진실을 숨기는 부부 사이, 불안함의 전조를 숨기고 있는 나경의 내면, 금가는 집의 상태는 모두 '균열'에 내포된 의미다. 나경은 무언가를 끝없이 기다린다. 지루한 기다림을 은유하는 '마른장마', 비는 내리지 않고 '집안은 바깥보다 더 습'하기만 하다. 어느 날 남편은 '처음 보는 여자'와 '다섯 살쯤 되어보'이는 '사내아이'를 데리고 온다. '사촌누나라고 소개한 여자'는 '당분간만 아이를 맡아달라'고 했다.

일상의 틈을 비집고 들어온 두 사람의 타인은 불길한 장마의 징후였을까. 드디어 장마가 시작된다. 나경의 집안에 머물던 습기는 비가 되어 내린다.

톡. 어디선가 무슨 소리가 들렸다. 나경은 거실을 둘러보았다. 잠시 그 소리는 들리지 않았다. 그러다가 다시 톡, 하는 소리가 날카로운 듯 흩어지는 듯 들려왔다. 벽 어딘가가 아주 조금씩 금이 가는 소리처럼 들렸다. 나경은 규칙적인 소리가 주는 기분 나쁜 느낌으로 집안 여기저기를 둘러보았다. 그러나 소리의 진원지가 어딘지 알 수 없었다. 전혀 감이 잡히지 않았다.

소리는 내면 깊이 파고든다. 잠재된 균열을 애써 외면하고픈 나경은 위태로운 일상이나마 유지하려 애쓴다. '진원지'를 알 수 없는 '소리'는 나경의 내면에서 들리는 소리이다. 불길함의 징후를 감지하고서 마음속 깊은 곳에서 들려오는 또 다른 자아의 웅얼거림이다. '흐르지 못하고 고인 물이 쉬글 조각의 미세한 틈으로 스며들'어 금이 가는 집, 그 사이로 한 방울씩 떨어지는 물방울은 균열을 심화시킨다. '흐르지 못하고 고인 물'이란 표현은 중의적이다. 나경의 내면, 부부 관계의 권태, 일상의 권태, 잠재된 위선(남편의 바람기)이라는 복합적인 의미를 담고 있다.

주말부부로 살았던 두 사람의 균열은 감춰진 채 오랫동안 이어졌다. '남편의 사촌'은 연락이 없고, '다시 시작된 빗방울 소리'는 더 끈질기고 깊다. 공사를 했지만 빗방울 소리는 더 거세지고 '툭, 툭, 툭, 그 소리는 틈을 주지 않고 점점 속도가 빨라'진다. 나경은 남편이 점점 타인처럼 느껴진다. '아이의 커다란 눈'은 깊고 어두운 우물을 보는 것 같아서 '왠지 모를 불길한 기분'이 들고, '정체 모를 무언가가 집안에 침투해서 모든 물건에 흠집을 내거나 삭아가게 하고 있다'는 생각이 든다. 집은 부부의 은유다. 오래 전부터 금이 가기 시작한 집은, '곰팡이가 벽을 타고 덩굴처럼 번져나'가고, '자꾸 가지를 치고 뻗어나'가서 결국 '나경의 얼굴을 검게 만들고 온몸을 집어삼킬 것 같'다. 집의 붕괴는 예정된 것이다.

'집을 벗어나고 싶었다'는 표현은 부부 관계의 해소를 예감하게 한다. 날림공사로 지은 집은 작은 외부의 충격에도 무너지듯, 사랑과 신뢰가 없는 부부 관계는 타인과의 지속적인 조우로 내파內破하게 마련이다. 누수는 계속되고 나경은 타인들에 둘러싸여서 홀로 심리적 맨홀에 빠져 허덕인다. 방수업자는 말한다.

처음부터 잘못된 집은 자기도 어디가 문제인지 찾아낼 수가 없다고 말했다. 집이란 것은 그냥 네모난 단순한 하나의 물건이 아니라 숨겨진 틈이 하도 많아서 그저 눈에 보이는 구멍이나 메우는 사람인 자신으로서는 더 이상 할 수 있는 일이 없다고 했다. 그리고 마지막으로 훌륭한 처방을 내려주었다.

"차라리 부수고 새로 지으시죠."

나경은 집을 허물고 싶다. 낯선 타인들, 보이지 않는 적들에 포위된 삶을 그녀는 벗어날 수 있을까. 나경은 "똑, 똑, 똑" 소리에 "귀가 터져버릴 것 같고 숨을 쉴 수가 없다". 옥상 바닥에 방수작업을 하는 날, 난간이 없는 옥상으로 올라간 아이는 내려오지 못하고 운다. 나경은 발을 내딛었으나 발은 '허공에 떠 있다' 살그머니 '샛문을 닫는다' "난, 아무 짓도 안 했어"라고 말하는 나경은 이제 늪에서 발을 빼기로 한다. 나경은 더 이상 아무것도 '기다리지 않을 것'이라고 말하며 집을 떠난다.

「쎄이 굿바이」는 '사유와 존재의 불일치', '무의식과 욕망의 일치'를 가장 잘 보여주는 작품이다. 채희는 두 번의 결혼과 한번의 이혼을 한 경험이 있다. '집을 나가겠다'는 남편의 전화에 채희는 그가 '그 여자 집에 가리라는 예감이 들었다', 불안은 마음을 잠식한다. 남편은 좌천으로 신경이 곤두

서자 '직장 여성'은 운운하는 말로 채희를 자극하고, "진우는 집안일을 곧잘 했어"라는 말을 하고야 만다. '하지 말아야 할 말 뒤에 따르는 낭패감'은 반사적 행동이다. 말은 강하고 깊게 상대방의 무의식으로 직진한다. 말은 욕망의 기표이자 무의식의 기의이다. 말은 자체의 생명력이 있어서 무의식의 심층에서 자란다.

"왜 버려져야 하는데?"라고 말하던 첫 남편 진우의 말은 곧 자신이 하고픈 말이다. 마치 지루한 '휴가를 끝낸 사람'처럼 남편은 떠났다. 이 아파트에서 '두 해를 보내는 동안 알 수 없는 불안한 그림자가 늘 주변을 서성이'는 느낌을 채희는 받았다. '촌시'라는 여자가 채희에게 선심과 칭찬을 반복하며 자주 집을 방문하자, 채희는 남편에게 불편함을 드러낸다. '여기 오지 마'라는 통화로 채희를 안심시키지만, 그 이후부터 채희는 '귀에서 삐! 삐! 삐! 소리가 들린'다. 욕망을 숨기기 위한 말의 뒷면을 채희는 감지한 것일까. '집안 곳곳'에서 나는 소리에 채희는 '심장을 긁는 소리'가 들린다.

남편이 떠난 후 아파트 정문 기둥은 마치 '묘지에 세워진 비석' 같고, 이곳은 허물어진 집의 잔해만 남은 무덤 같다. '왜 버리는지?'를 끝없이 물으며 채희는 떠나지 못한다. 과거의 기억이 채희를 찾아온다. 채희는 진우와 살면서 '지나치게 아끼는 태도가 습벽'이 된 진우의 아버지로 인해 인내심의 한계에 이른다. '난장판이 된 집안과 꾀죄죄한 아이와 밀린 세탁거리'로 인해 '결혼 생활도 직장도 모두 멈추고 싶'다. 결혼 생활은 위태롭게 이어지고, 채희는 주말에만 오는 '진우의 잔영'만 붙들고 긴 시간을 견딘다. 그 갈증과 갈망의 자리에 욕망이 자란다.

'만곡점, 변환의 시작은 한순간이었다.' 진우와 헤어지고 다시 결혼했다. 그런데 언젠가부터 채희는 '삐~ 삐~ 삐~' 하는 고음의 소리가 들린다. 잦은 출장이란 핑계는 거짓이었고 남편은 또 다른 욕망의 대상을 찾아 자리 옮기기를 해버린 이후여서 관계는 이미 금이 가버렸다는 것을 채희는 알고 있었다. 남편과 촌시와 사내아이를 우연히 본 순간 채희는 "쉬워어! 너무 쉬워어…"라고 말한다. 진우가 "왜 버려져야 하는데?"라고 물을 때 자신도 쉽게 버려질 줄을 몰랐던 것이다. "버리는 거야. 한번이 어렵지. 두 번째는 쉬워"라고 스스로 말한다.

욕망의 자리바꿈은 그리 어렵지 않다는 것을 채희는 안다. 그가 데생한 자신의 초상화를 지점의 닫힌 셔터 아래로 '꾸역꾸역 밀어넣'으며 그녀는 'Goodbye'라고 한다. 누군가를 버린 자신이 버려지는 것은 얼마나 공평한 게임인가. 그는 초상화 속 긴 머리 여자, 그 환상을 사랑했던 것이다. 아파트를 떠나며 채희는 늘 보던 노인과 여자아이가 비를 맞으며 걷는 장면을 보면서 문득 딸아이가 떠오른다. "이젠 보고 싶지 않아!"라고 말하지만, 차를 세우고 '우산을 노인에게 건'넨다. 생각과 행동의 분열 속에 갈등하는 채희는 이제 자신과 행복한 조우를 할 수 있을까.

「푸른 서커스」는 가면 벗기 게임 같다. 연극배우인 그는 특출한 외모와 '지칠 줄 모르는 정열', '명예욕'도 많다. 그는 오직 자신의 명예만이 중요했기에, 아들과 아내를 등 떠밀듯 외국으로 떠나보내버리고 돈으로 자신의 역할을 다한다. 그는 항상 '의기양양'하고 그녀를 대하는 태도도 '냉소'적이다. 가족이 돌아왔으나 그는 가족에게 떠나라고 말한다. 아내도, 다리가 불편한 아들도 자신의 명예를 손상시키는 최악의 장애물이다. '마천루 옥탑에서 지폐를 뿌려, 그 일대 도로가 마비'되게 하는 그녀의 행동으로 인해서 그의 위선은 드러난다. '천체 관측'이 취미인 아들은 결국 떨어져 죽는다. 어쩌면 그는 자신의 삶 자체가 연극인 것만 같다. 자신이 맡은 역할에 따라 수많은 페르소나를 보여주는 연극, 그의 얼굴은 아무도 모른다.

아들이 죽었음에도 불구하고, 남편은 모든 것을 '실수였어'라는 말로 표현한다. '그가 아들을 죽인 거'라고 여자는 생각하며 투신한다. "돈으로 할 수 있는 건 아무것도 없"음에도 그는 "돈만 주면 내 할 일을 다 한 줄 알았"던 것이다. 자살 충동과 실어증을 치유하기 위해 그녀는 승마 치료를 받는다. 말과 그녀는 마치 그와 그녀의 관계처럼 '소통이 부재한 상황'에서 '껄끄러운 접촉'을 이어간다. 그와 그녀는 '푸른 서커스'의 말과 사람처럼 눈빛으로 교감하고 소통하게 될까. 그는 기자회견장에서 가족에게 한 자신의 행동을 인정한다. 오랜 시간과 고통을 겪은 이후에야 가면은 벗을 수 있다. 샤 갈은 말이지만 이들 부부의 관계를 지켜보는 타자이다.

「바람 부는 날」은 연이와 엄마, 고모가 주요 등장인물이다. 염색가게에서 일하는 고모는 '자상한 오빠같이 느껴지'는 사람에게 늘 마음이 기운다. 연이는 기침을 해대는 엄마를 위해 통나무에서 소나무 껍질을 뗀다. '어머니는 고모 뒤를 그림자처럼 따라다니라'고 했지만 연이는 자꾸 놓'친다. '고모는 매달리는 것을 좋아'해서 아무런 경계심 없이 '남의 자전거 뒤에 올라타고 강둑을 달려'가는 것을 좋아한다. '연이는 등 뒤에 아기를 매'다는 것을 좋아하는데, '아기 웃음소리와 체온이 온몸으로 전해'지면서 '따스했던 기억' 때문이다. 엄마의 기침소리와 추운 방 대신, 온기가 그리웠던 것. 어머니는 연이은 기침을 견디기 위해 연이에게 노래를 불러달라고 한다.

아버지가 전쟁터에서 살아서 왔다면 고모는 학교에 잘 다니고 있었을 것이다. 어머니는 자식을 잘못 키웠다는 소리를 듣지 않을 것이고, 기침병도 들지 않았을 것이다. 야위어가는 어머니를 보며 외삼촌은 돌아서서 눈물을 훔치곤 했었다.

부재하는 아버지는 결핍과 고통의 원인이다. 외로운 연이에게 고모는 자신이 기댈 유일한 존재이다. 고모는 오빠를 대신할 힘센 존재에게 기댄다. '새언니는 따뜻한 방에서 지내면 회복할' 거고 '월급 타면 연탄 들여놓을 테니 조금만 기다려보자'고 말하며 고모는 염색가게로 돌아간다. '또 다른 누런 군복에 새카만 염색을 하고 있을지도 모른다'고, '벌써 집에 와 있을 거라'고 생각하며 연이는 집으로 돌아온다. 연이는 고모가 한 말에 따뜻한 방에서 잠이 드는 상상을 한다.

그러나 '문종이를 바른 방문에 불빛이 비치지 않'고, 방에 들어서서 발을 디디는데 '발바닥에 서늘한 감촉이 느껴'진다. '어머니가 토해낸 피로 눈처럼 하얀 이불이 붉게 젖'은 걸 보며 연이는 '멍하게 서 있다.' 현진건의 「운수 좋은 날」의 결말을 연상시키는 이 장면은 달콤한 상상이 오히려 죽음을 예감하는 전조가 되어버리는 아이러니이다. 가난과 불행은 마치 앞뒷면이 이어진 그림처럼 붙어다닌다. 기댈 곳 없는 삶, 아버지의 부재는 돌아갈 곳이 없는 집처럼 가족을 위태롭게 한다. 전쟁 이후라는 시대적 상황은 개인의 비극적 삶을 더욱 도드라지게 한다.

2. 떠도는 집 - 기억을 발굴하다

역사소설은 기록에서 지워진 역사를, 기억 속에서 끌어올려 현재라는 시공간 속에서 살려낸다. 기억 속에서 소환하는 과거는 왜곡되면서 시간적 순서가 뒤엉키거나 해석의 과도함으로 기록을 훼손하기도 한다. 하여 과거 사실은 그 진정성을 상실하고 상상의 구현물로서 재탄생한다. 루카치의 『역사소설론』이 설득력을 얻는 지점도 역사를 관찰자로서가 아니라 관계성에 대한 것으로 보기 때문이다. '역사적 시기와 등장인물들의 실존조건이 먼 옛날의 것일수록 줄거리는 더 더욱 실존조건을 생동감있게 입체적으로 우리 눈앞에 제시함으로써 삶의 조건으로부터 생겨난 독특한 심리와 윤리를 역사적 흥밋거리로 관찰하는 것이 아니라 우리와 관계되는, 우리를 움직이는 인류발전 단계로서 추체험하게끔 하는 데 집중해야 한다'는 것이다.

「구름그림자 흐르는 강」은 안동교의 폭파로 인한 7일간의 비극적 사건이 서사의 주축이다. 이 작품의 시간적 배경은 한국전쟁이다. 이 전쟁은 기록과 기억으로 접근 가능한 역사적 사건이며, 현재 진행형의 역사이기도 하다. 분단으로 인한 휴전 상황은 전쟁의 기억이 단순한 낭만적 수사가 아니라 독자에게 재현의 사실성을 가진 구체적 실존의 조건으로 다가온다. 아직도 산 자들의 삶을 불안하고 불편하게 만드는 실존이다. 죽은 자를 서사의 중심에 둔 것도 우리 삶과 근접한 시간이 소설의 허구성을 죽일 수 있기 때문이 아닐까 생각한다. 죽은 지 64년 만에 발굴된 유해는 마치 '먼 옛날'의 일처럼 역사를 재구성하기 때문이다.

하여 '죽은 자의 서사'에서 시작하는 독특한 서술 방식은 과거 사실과 진실을 '지금, 여기'로 소환하는 데 효과적인 방식이다.

한 줄기 빛이 몸에 닫자 나는 알았다. 누군가가 내 무덤을 파헤친다는 것을. 흙이 걷히고 구덩이에 어둠이 사라진다. 차가운 공기 중에 내 모습이 드러나리라 예상하지 못해서인가. 암흑에 갇힌 지 얼마나 지났는지, 내가 누구인지 기억나지 않는다.

유골이 발굴되면서 죽은 자는 서사의 중심에 등장한다. 나는 '내가 누구인지' 모른다. 기억이 발굴되는 순간이다. '경건한 의식을 행하는' 사람들이 '내 몸에 묻은 흙'을 '솔'로 쓸어내자 나는 몸을 얻는다. 기억은 주체의 욕망이며 의지의 소산이다. 육체가 재현되면서 기억의 귀환이 이루어진다.

유골의 주인은 영수다. 그에게는 귀에 장애가 있는 여덟 살 된 딸 은하와 만삭의 아내 세화가 있었다. 사람들은 서둘러 피난을 가지만 가족은 떠나지 못한다. 출산 후 이틀 만에 아이는 죽는다. 부부는 공포에 질리고 주검은 도시에 넘쳐난다. 안동교가 폭파되자 부부는 기와집에 딸린 창고에 숨는다. 도시가 몰락한 지 7일째 되는 날, 영수는 적에게 붙들려 끌려가다 탈출한다. 아군을 만나 전쟁에 투입되지만 그는 전사한다. 다시 찾아온 세 명의 적군에게 아내는 겁탈당한다. 영수의 기억은 여기에서 단절된다. 이후 역병에 걸려 집을 나간 세화는 행방불명되었다. 고아가 된 은하는 결혼하여 연재를 낳았고, 연재는 미령을 낳았다. 영수의 유골은 안장이 되지 못하고, 아내를 찾아나선다는 것이 이야기의 줄거리다.

지금 여기 없는 자를 호명하는 방식은 다양하다. 문자의 기록으로 읽어내거나 산 자의 입을 통해 기억을 살려내는 방식이 있다. 행방불명된 세화는 죽은 자도, 산 자도 아니다. 역사라는 사실과 기억이라는 허구를 모두 살아내는 자가 세화다. 세화는 미령의 입을 통해 죽은 자와 대화한다. 이 소설은 역사적 사실을 소설적 허구 속에서 되살리는 방식이기에 이러한 인물 설정은 매우 설득력 있다. 존재와 부재 '사이'가 인간 실존의 조건이 아닐까. 경계에 선 존재의 불안함을 실존의 조건으로 끌어당길 때 인간됨은 진정성을 획득하는 것이 아닐까. 더구나 여성은 규정되지 않음, 그 애매모호한 존재성이 존재의 조건이자 운명을 돌파하는 힘이다. 이 소설의 화자는 두 사람 모두 역사와 허구의 경계에서 있다. 죽은 자는 산 자들의 역사적 기록 뒤에 배접하고 있는 잊힌 존재이기에 허구적 실존이다. 이 소설은 잊혀진 역사를 추체험하는 시간여행처럼 사실적이면서도 허구적인 텍스트다.

죽은 자와 산 자 사이의 대화 속에서 시간은 겹치고 전쟁은 환기된다. 주체는 기억이라는 통로를 오가며 대화를 이어가지만 서사는 단절과 연속을 반복한다. 대화란 과거와 현재 사이의 균열을 메우는 가장 효과적인 방법이지만, 균질화되지 않은 시간의 질감을 복원해내는 데는 한계가 있다. 기억하는 역사와 기록되는 역사는 다르며, 주체의 욕망에 의해 기억은 왜곡되고 선택에 의해 서사는 지워지거나 다시 호명되기도 하기 때문이다. '접견실에서 영수는 노파가 낙동강을 품은 도시에서 온 사람이라는 것을 직감으로 알았다.' 이후 영수는 고향을 떠올리고 강의 기억속으로 들어가며 호흡이 가쁘다. 60대 중반의 노파와 마흔 중반의 남자가 나타나자 영수의 기억은 더욱 혼란스럽다. 노파의 울음은 기억의 촉매제가 된다. 노파는 은하였고, 남자는 사위이다.

영수는 '헤아릴 수 없는 시간의 강'을 건넌다. 적의 수중에 들어간 도시, 집을 빠져나오는 자신, 적에게서 아군에게로 넘어가서 전쟁에 투입되는 자신. 결국 부상을 당하고 구출되려는 찰나 이어진 전투에서 죽는 자신의 모습이 보인다. 다시 서사는 현재로 돌아온다. 영수는 역병에 걸려 집을 나간 세화가 행방불명되었다는 것을 모른다. 이제 과거가 씨줄이 되고 현재가 날줄이 되어 잊혀진 역사가 복원되기 시작한다. 기억의 신체는 쉽게 완성되지 않는다. 합장하려고 이동을 하면서 세화는 미령의 몸속으로 들어와 말을 한다. 산자가 서사를 대신 써나가기 시작하는 순간이다. 생김새와 목소리가 세화와 똑같은 미령은 방언을 중얼거린다. 그해 여름은 떠나는 사람과 떠나지 못하는 사람들로 인해 도시는 우울한 기류가 가득했다. '도시가 적의 수중에 넘어가기 이틀 전' 사내아이가 태어났다. 전쟁을 몸으로 살아내며, 참혹함을 몸에 새기며 살아남은 세화를 영수는 만나게 될까.

연재와 미령은 모두 신병을 앓는다. 두 사람 모두 '낯선 여자'를 보았다. '강물을 가로질러 헤엄치는 여자' '강물을 헤엄치며 사라진 여자'를 연재는 거부하고 바다로 뛰어든다. 미령은 '불쌍한 그 여자의 영혼을 위로'해야 한다고 말한다. 처음 보는 여자라고 연재는 말했지만, '그 여자는 축축한 곳에 있'다고 한다. 사내아이를 낳았던 그곳, 허름한 창고 바닥은 중층의 의미를 지닌 공간이다. 아이의 생명이 탄생한 곳이자 세화가 인민군들에게 겁탈당한 곳으로 영혼의 죽음을 겪은 공간이다. 낯선 여자는 전쟁터가 된 모든 여성의 몸이기도 하다.

역사성이 일상성을 뒤흔드는 사건의 중심에는 6·25라는 전쟁이 있고, 안동교의 폭파라는 대서사가 있다. 개개인이 경험하는 삶의 실존적 조건은 지워지고 전쟁의 상흔이 시간과 공간을 덮는다. 세화의 몸이 이데올로기의 격전지처럼 표현되는 이유다. 겁탈 후 인민군들은 말한다.

"이 에미나이 아버지가 경찰새끼디. 경찰새끼들과 군인 새끼들이 했던 짓거리에 비하면 아무것도 아니디. 그렇지 않은가!"

"그렇다마다요."

'끊어진 다리 끝에서 강으로 뛰어들'자, '엄청난 수의 적이 아군을 향해 불을 뿜었'고 '강물이 붉은 색으로 번져나갔'다. '소리에 놀라 하늘로 솟구친 새가 날개를 휘청거리다 구름 속에서 길을 잃'을 정도였다. '이미 사라져 존재하지 않는 곳이거나 어두운 기억의 장소'에서 세화가 떠돌고 있는 것도 강물 속에서 죽은 넋들처럼 몸이 돌아갈 집을 찾지 못해서가 아닐까.

흔히 죽은 자는 말이 없다고들 한다. 몸이 없으니 말의 육체성도 사라진다. 이 이야기가 죽은 자의 서사를 산 자가 받아쓰기하는 방식으로 쓰였다면 역사의 실감은 줄어들었을 것이다. 산 자의 추측과 상상, 어설픈 각본은 죽은 자의 목소리를 현재로 소환하기보다 과거 사실의 메아리로 만들어 버릴 수 있기 때문이다. 하여 죽은 자에게도 육체성을 부여하여 목소리를 되살린다. 소리는 삶의 경험을 극적으로 연출하는 데 가장 효과적인 감각 도구다. 영수의 유골이 영호교 다리 위를 지나는 순간 '폭음 소리와 함께 안동교 일부가 부서'지는 환각에 빠진다. 비록 폭음은 직접 듣지 못했을 수도 있지만 시각이 청각을 자극하여 만들어진 상상이자 과거의 재현이다.

감각은 상상을 확장하고 재현가능성을 높이는데, 목소리는 상상력을 최대한 증폭시킨다. 미령 속에 들어온 세화의 목소리를 통해 죽은 자와의 대화가 가능한 이유다. 대화 속에는 과거 속에 현재가 끼어들고, 현재 속에 과거가 섞여들며 기억을 완성하는 장면들이 종종 나온다. '공포에 질린 아버지와 두려움에 떠는 어머니 모습'을 기억하는 은하는 어머니가 겁탈당하던 밤을 잊지 못한다. '공포에 질린 아버지가 어머니를 지켜주지 못한다는 것을 알았'던 은하는 '죽은 듯 눈'을 감고 있었다. '어두운 기억의 터널'을 은하는 아직 벗어나지 못한 듯하다.

세화의 헛묘에 '유골을 넣으려는 순간' 미령은 '유골 봉지를 은하 손에서 가로'채어 달아난다. 미령은 장지봉 '전망대 난간에서 뼛가루를 날린'다. 세화는 루크레티아였다. 적장에게 수모를 당하자 자살한 여인이었다. '아내는 정숙한 여자다. 아내를 찾으러가야 해'라고 외치며 영수가 찾으러나선 이유다. 전쟁 속에서도 아들을 낳았고, 딸을 지켰다. 딸을 살리려 자신을 적에게 내어준 세화는 몸으로 전쟁사를 썼다. 역병이 딸에게 전염될까 두려워 집을 나간 세화는 산 자도 죽은 자도 아니다. 말의 육체성만 남은 소문이다. 세화의 서사도 중단되었고 영수의 서사도 끊어졌다. 마치 안동교의 폭파로 산 자들이 죽었듯, 강물은 산 자와 죽은 자를 잇는 서사가 다시 씌어지기를 기다리는 중인지도 모른다. 여성의 몸은 전쟁사이기도 하다. 전쟁의 트라우마를 몸으로 써내는 잔인한 전쟁은 아직도 세계 곳곳에서 벌어진다. 「구름그림자 흐르는 강」은 기억에 올리는 신성한 제의祭儀이다.

임선희 소설은 소재 면에서 '집'이라는 공통분모를 가지고 있다. 「산천어」는 집을 떠난 자가 끊임없이 집으로 회귀하는 모습을 보이며, 「기차를 기다리는 시간」, 「쎄이 굿바이」는 자기만의 집을 짓고자 하는 모습을 보인다. 「바람 부는 날」은 아버지의 부재로 인해 흔들리는 집의 이야기이다. 주제 면에서 작품들은 '기다림'이라는 공통점을 가진다. 「산천어」는 집과 동생에 대한 기억을 통해 동생이 또 다른 모습으로 살아돌아오기를 기다린다. 나머지 작품 역시 주인공들은 누군가를 하염없이 기다린다. 「구름그림자 흐르는 강」은 죽은 자의 집인 '헛묘'에 같이 들어갈 아내와의 만남을 기다린다. 집은 모두 흔들린다. 단절된 삶의 서사는 집을 불안하고 불편한 처소로 만든다. 모두 누군가를 기다리고, 무언가를 기다리지만 기다림은 미완성으로 끝날 것이다. 불안은 실존의 조건이고, 삶의 방식이다. 흔들리는 집은 기억의 또 다른 은유다.

임선희 소설은 '여성서사'이다. 서사의 중심에는 여성이 있으며, 여성이 이야기의 주인공이자 사건의 주체이며 여성의 시각에서 사건을 바라본다. 삶의 중심에서 빗겨간 주변성이 중심을 간파하는 예리하고도 따뜻한 시선이 되어 진정한 주체가 누구인지를 되묻게 하는 것이 여성의 시각이다. 타자의 시선으로 파편화(규정)되는 삶에서 벗어나 주체에 대한 물음을 던지는 자는 여성이다.

남성이 서사를 이끌어가는 주체(「구름그림자 흐르는 강」)일 때조차 서사의 축에는 여성의 목소리와 삶이 있다. 역사성과 일상성 속의 삶과 죽음은 여성 주체를 비극적 상황으로 몰고 가거나 실존의 위기를 겪게 한다. 죽음, 이별, 이혼, 성폭력이라는 영혼의 죽음 이후 행방불명 등의 사건을 여성은 겪는다. 이러한 위기 속에서 여성은 주체적인 자기 자신으로 일어서고자 한다. 세화는 '정숙한 여성'이라는 프레임에만 갇힌 존재가 아니다. 타인의 호명에 수동적으로 반응하는 존재가 아닌 자신의 욕망과 의지에 따라 삶을 살았던 주체적 존재이다.

하여 일상의 너머에는 나만의 집이 있다. 나의 기억과 욕망, 의지로 지은 실존의 집이 있다. 타자의 거울상像이 아닌 나 자신의 무의식과 의식을 온전히 간직한 집, 그 집에 그녀들이 산다.

임선희 소설집
구름그림자 흐르는 강

지은이_ 임선희
펴낸이_ 조현석
펴낸곳_ 북인
디자인_ 푸른영토

1판 1쇄_ 2023년 02월 04일
출판등록번호_ 313 - 2004 - 000111
주소_ 121 - 842 서울 마포구 서교동 460 - 34, 501호
전화_ 02 - 323 - 7767
팩스_ 02 - 323 - 7845

ISBN 979-11-6512-071-9 03810